의매생활
5
미카와 고스트
일러스트 Hiten

핼러윈(망상)

첫 데이트

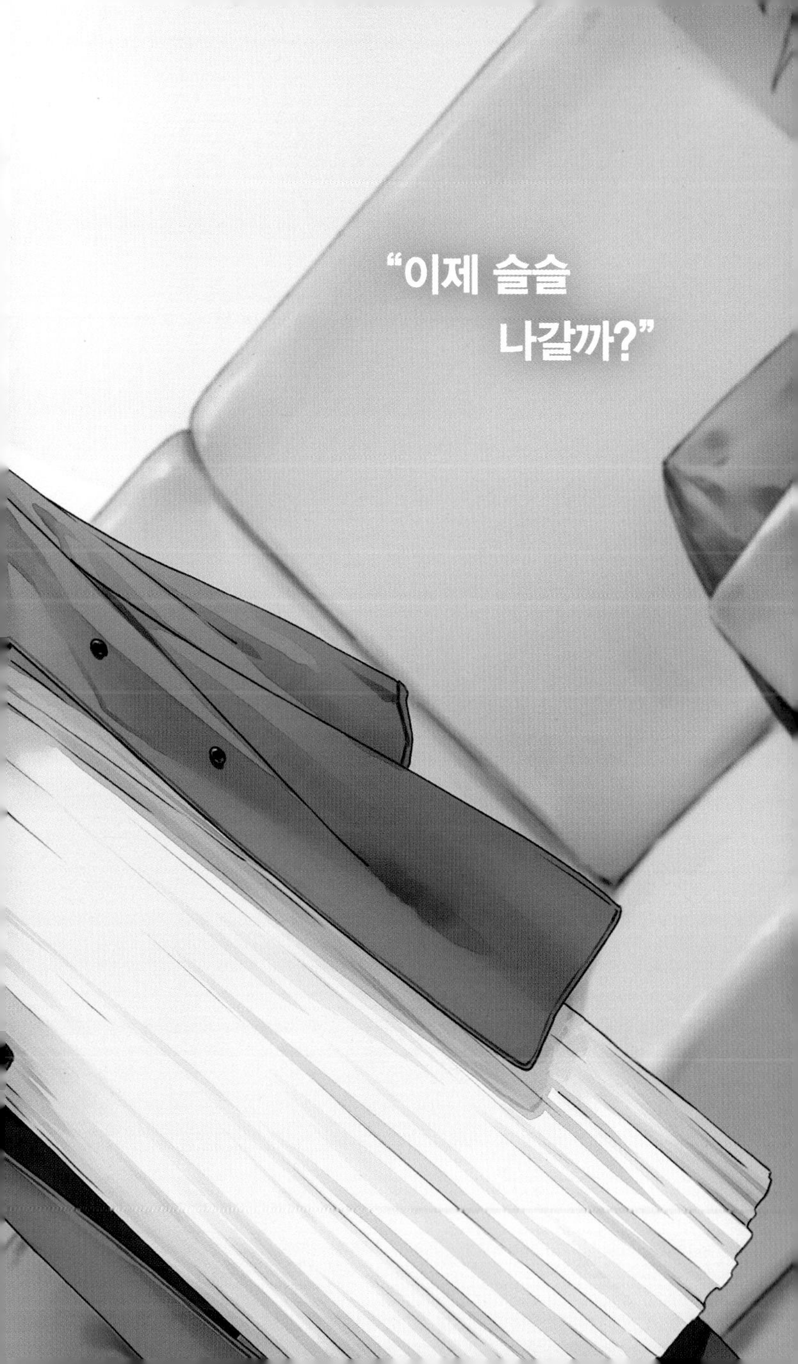
"이제 슬슬
나갈까?"

만성절의 전야제

"올해는 아사무라 군이랑
보내서 기뻐."

**생 일**

12월 20일

**좋아하는 것**

음악, 역사 및 역사적인 건축물,
아쿠아리움, 달콤한 것, 점술

**거북한 것**

남성, 심령현상, 호러

**좋아하는 말**

자립자존,
하늘은 스스로
돕는 자를 돕는다

**싫어하는 것**

사진을 찍는 것

**특 기**

패션, 화장, 요리,
통째로 암기

**서로의 첫인상**

영리해 보인다

## 아야세 사키

Saki Ayase

## 아사무라 유우타

Yuta Asamura

**생 일**

12월 13일

**좋아하는 것**

책, 잡학, 매운 것, 낚시,
조용한 장소

**거북한 것**

여성, 패션

**좋아하는 말**

일시동인(一視同仁), 친한 사이에도 예의를 지킨

**싫어하는 것**

악담

**특 기**

프라모델 등의 섬세한 작업(손재주가 좋다)

**서로의 첫인상**

조금 차가움이 느껴지는 미인

# 의매생활

Days with my Step Sister

5

저자
미카와 고스트
일러스트
Hiten
옮긴이
박경용

# Contents

Days with my Step Sister


프롤로그 아사무라 유우타 -13-

10월 19일 (월요일) 아사무라 유우타 -27-

10월 19일 (월요일) 아야세 사키 -69-

10월 20일 (화요일) 아사무라 유우타 -85-

10월 20일 (화요일) 아야세 사키 -123-

10월 21일 (수요일) 아사무라 유우타 -137-

10월 21일 (수요일) 아야세 사키 -163-

10월 29일 (목요일) 아사무라 유우타 -171-

10월 29일 (목요일) 아야세 사키 -193-

10월 30일 (금요일) 아사무라 유우타 -217-

10월 30일 (금요일) 아야세 사키 -235-

10월 31일 (토요일) 아사무라 유우타 -245-

10월 31일 (토요일) 아야세 사키 -285-

운명의 만남에 신의 인도가 필요하다면,
애정의 증명에는 악마의 유혹이 불가결하다.

## ●프롤로그 아사무라 유우타

그날, 나 아사무라 유우타는 문화제로 떠들썩한 도립 스이세이 고교의 복도를 걷고 있었다.

10월의 둘째 주. 시각은 정오를 지났다.

창으로 올려다본 하늘은 하염없이 높아, 완전히 가을이 다가왔다고 느끼게 했다.

아직 해가 높이 떠 있는데도 쌀쌀해서 따뜻한 음료를 마시고 싶어지는 계절이다.

복도의 창으로 밖을 내려다보았다. 교문에서 완만하게 솟아오른 언덕을 올라오는 수많은 사람들이, 개미가 개미집에 빨려 들어가는 것처럼 교사에 밀려들어오고 있었다.

스이세이 고교 문화제는 올해도 성황이구나.

학생들은 다들 약간 들뜬 기색이고, 평소에는 안 들리는 환성과 갈채가 때때로 여기저기서 들린다.

다른 학교의 낯선 교복도 종종 보이고, 보호자로 보이는 사람들도 있다. 아이들이 새된 소리를 지르면서 달려 다니다가 때때로 부모에게 주의를 들었다.

문득, 손을 잡고 걷는 남녀의 모습이 눈에 들어왔다.

생판 알지도 못하는 남녀였다. 그런데도, 행복하게 서로 붙어 있는 그들의 모습에서 신기하게 눈을 뗄 수가 없다.

저렇게 남들 앞에서 당당하게 손을 잡는 것은, 역시 연인 사이라 할 수 있는 거겠지.

아무래도 저건, 우리가 남들 앞에서 할 수 있는 일이 아니다. 그렇게, 생각한다.

그런 생각을 하는 내 뇌리에 여성 한 명의 모습이 떠올랐다.

아야세 사키— 내 여동생, 아니, 의붓 여동생이다.

4개월 전 부모들끼리 재혼을 해서 나— 아사무라 유우타와 아야세 사키는 남매가 되었다.

친모와 이런저런 일이 있어서 그다지 여성에게 기대를 하지 않던 나와, 비슷한 경위로 드라이하게 행동하게 되었던 아야세 양은 그래도 키워준 부모들을 소중하게 생각했다. 그래서 나와 아야세 양은 간격 조정을 반복하여 가족으로서, 다시 말해 남매로서 잘 지내려고 했다.

그러나, 나는 아야세 양을 한 명의 여성으로 의식하게 됐고…….

9월 말, 나는 그 감정을 털어놓고 그녀와 간격 조정을 했다.

명확한 연인 관계에 이르는 합의는 없었지만, 특별히 사이가 좋은 남매라면 있을 수 있다. 그러나 남들 앞에서 당당하게 보여줄 정도의 스킨십까지만 인정한다는, 기묘한 비밀 생활을 이어가는 것에 동의했다.

문화제를 함께 돌아본다. 그것도, 손을 잡고서.

연인 사이라면 당당하게 해도 되는 행위라고 생각하지만, 지금 아야세 양과 나의 관계에서는 아마도 NG다. 적어도 남들 앞에서는.

나와 아야세 양이 남매란 사실은 이제 주변에 들켜도 상관없다. 삼자면담 때 부모님에게 부담을 줄 바에는 숨기지 않아도 된다고 결단했다.

그러나 그렇기에, 연인으로 보일 수는 없다.

오빠와 여동생은 연인 사이가 되어서는 안 되니까.

피가 이어지지 않았으니 법적으로는 맺어져도 문제가 없다고 하지만, 법하고는 상관없이 세상은 편견을 품는다. 엄밀한 법 따위 알지도 못하고 우리를 위해서 일부러 공부를 할 필요도 없는 사람들이, 잘은 모르겠지만 두 사람이 금기를 범하고 있다면서 수군거리겠지. 상상만 해도 귀찮을 것 같다. 그런 사태는 피하고 싶었다.

PET병 음료수를 팔고 있는 반에서 커피와 홍차(둘 다 따끈하다)를 받아, 나는 발 빠르게 소란스러운 복도에서 멀어졌다.

목적지는 특별 교실동의 최상층, 구석. 문을 열고 지난 곳에 있는 비상계단이다.

그곳에 여학생이 한 명, 지루한 기색으로 앉아 있었다.

아야세 양이다.

"사왔어, 아야세 양."

"고마워."

비상계단 가장 위라는 장소은 문화제로 성황인 곳에서 가장 먼 곳이며, 사람들의 왕래가 거의 없으니까 밖에서 목격하기 어렵다.

여기를 만날 장소로 지정하게 된 것은, 극히 자연스러운 흐름이지.

나는 아야세 양에게 홍차를 건네면서 옆에 앉았다.

"어때?"

"어떻……다니?"

"문화제, 즐거워?"

내가 물어보자, 아야세 양은 눈썹을 찌푸리고 생각에 잠긴 표정이 되었다. 그렇게 고민할 질문이었나.

"그렇네. 즐겁다고, 생각해. 아사무라 군은?"

아야세 양이 물음을 되던졌다.

아……. 지금도, 그렇네.

"응? 왜 그래?"

"아아, 아니…… 아무것도 아냐."

아야세 양이 날 부를 때, 어느샌가 「오빠」에서 「아사무라 군」으로 돌아와 있었다. 요즘은 「오빠」라고 부르는 건 가족들 앞에서만이다.

"나도, 즐겁다고…… 생각해."

인파는 좋아하지 않고, 소란스러운 것도 껄끄러운 나지만, 이 축제의 분위기 자체는 그리 싫어하지 않는다.

"재미있는 부스는 발견했어?"

"음……. 딱히, 없더라."

"그렇구나."

"아, 하지만 그건 내 문제야. 즐기는 방식을 잘 모르는 것뿐일 테니까."

"즐기는 방식?"

"그러니까…… 감성, 같은 거?"

"으음~?"

내가 말을 흐리자, 아야세 양이 어쩐지 수긍하지 못하는 것처럼 맞장구를 쳤다.

오다가 중간에 본 점술이나 귀신의 집, 미니 게임 같은 것은 친구들이나 연인과 함께라면 몇 배는 즐거울 거라고 생각했다.

다만 그걸 말해 버리면, 그녀에게 부담을 주게 된다.

우리는 사전에 문화제를 같이 돌아보는 건 남매로서 괜찮은가 아닌가 대화하고, 간격 조정을 해서 이렇게 남들 눈에 띄지 않는 곳에서만 대화하기로 정했다.

실제로 나도 그걸 납득했다.

다만, 문화제에서 혼자 행동해 봐도 그리 즐겁지 않았을

뿐이다.

"아야세 양은?"

감이 좋은 그녀가 눈치채기 전에 질문을 던졌다.

"저쪽에—."

아야세 양이 교정 한쪽을 가리켰다. 한 바퀴 400미터인 트랙 구석에 급하게 마련된 스테이지와 객석이 형성되어 있고, 큼직한 스피커에서 음악이 울려 퍼지고 있었다. 실내도 아니고 지붕마저 없으니까 소리가 허공으로 빠져나가 조금 맥 빠진 연주가 되어 버렸지만, 어차피 고등학교의 문화제에서는 이 정도가 한계일 것이다.

"밴드 연주?"

"그래. 반 애들이 비주얼계 밴드? 라는 걸 하거든. 그걸 보고 싶다는 애랑 같이 갔었어."

"아아, 들어본 적은 있지만, 별로 익숙하진 않네."

내 머릿속엔 겉모습이 과격한 밴드, 라는 이미지밖에 없다.

같은 질문을 반 아이들에게 했더니 술술 대답을 해줬다며 아야세 양이 해설해주었다.

듣자니, 소리뿐 아니라 연주자의 외모에도 신경을 써서 세계관을 만들어내는 밴드……라고 한다. 연주를 하는 반 남자애들도 화려한 의상을 입고 화장까지 한 잘생긴 애들이라서, 다른 학교의 여학생들이 그걸 보려고 꽤 왔다고 한다. 흠, 그렇군.

화장이나 꾸미기나 머리 모양 등등은 내가 그다지 특기인 영역이 아니기에, 꾸밀 수 있는 사람에게는 순순히 감탄을 하게 된다. 내가 스테이지에 오르는 건 절대 무리야.

뭐 잘생긴 것도 아니고, 악기도 연주 못하는 나한테는 필요 없는 걱정이지만.

"그러고 보니 아야세 양은 문화제 참가 안 해도 돼? 애당초, 뭘 한다고 했었지?"

"메이드 카페."

"메이……."

아야세 양 입에서 나온 것치고는 너무나 어울리지 않는 단어다.

"마아야의 제안이었어."

"아아……."

"걔가 말을 꺼내면, 다들 거기에 찬성하니까."

"그렇겠지."

아야세 양의 친구인 나라사카 마아야 양은 커뮤니케이션 강자라서, 반을 넘어 교내의 인기인으로 알려져 있다.

"아. 그러면, 마루가 나중에 갈지도 모르겠네."

"아사무라 군 친구?"

"그래. 올해는 어째선지 별난 카페 같은 게 많잖아? 그녀석, 기왕 이렇게 된 거니까 컨셉 카페를 전부 돌아볼 셈이라고 했었어."

기가 막혔는지 아야세 양이 입을 벌리고 말했다.

"그렇게 가보고 싶은 거야?"

"뭐, 보통은 맛볼 수 없는 체험이니까."

그리고 내 뇌리에는 빅토리안 메이드 차림의 아야세 양이 「주인님, 어서 오십시오」라고 말하는 영상이 떠올랐다. 조금 보고 싶다는 생각이 들어 버렸다.

"나는, 그런 건 안 해."

"아, 네."

표정에 드러났나.

"내 일은 준비까지야. 어제까지 다 끝내뒀고."

"수고하셨습니다."

뭐…… 조금 아쉽지만.

"그런, 붙임성이 제법 필요한 접객은 나한테는 무리야."

아야세 양이 말했다.

"무리?"

"그보다는…… 거북하다?"

"아아."

"대가를 받는 이상 당연한 접객이라고 생각해. 나는 그게 어렵다는 것뿐이지."

"그렇구나."

서점 알바를 하는 모습을 보면 아야세 양은 결코 손님을 상대로 무뚝뚝한 태도를 보이는 사람이 아니다. 굳이 말하자면『평범하게 응대하고 있다』. 그러니까, 더 친밀한 접객 연출을 하는 것이 거북하다, 라는 거겠지.

하긴, 분명히 아야세 양이 오므라이스에 하트를 그리고 테이블에 내어주는 그림은 상상하기 어렵긴 하다.

너무 친밀한 응대, 라.

거리가 가까운…… 그야말로 연인의 거리감, 이라거나?

물론 그것이 어떤 것인지는 나도 잘 모르지만…….

비상계단에 그림자가 졌다.

태양이 구름에 가려졌다. 그림자의 세상에 휩싸이고, 지나가는 가을바람이 피부를 스치자 쌀쌀함에 무심코 몸을 떨었다.

부르르, 옆에 앉은 아야세 양도 몸을 떨었다.

“이제 그만 갈까?”

“아직, 괜찮아.”

들어 올리려던 엉덩이가 그 말에 내려갔다.

사실대로 말하자면, 나도 좀 더 이렇게 있고 싶었다. 내 몸 옆에 놓인 아야세 양의 작은 손. 차가워 보여서, 그 손을 잡아 데워주고 싶다고 생각했다. 하지만, 괜찮을까?

생각하는 사이에 아야세 양의 손이 떨어져, 양손으로 홍차의 PET병을 감쌌다.

“하지만, 역시 조금 쌀쌀하네.”

“오늘 정도는 따뜻한 날이어도 좋았을 텐데.”

원망스러운 마음으로 하늘을 올려다보았다.

"추우면, 무리 안 해도 되는데?"

"괜찮아."

말하면서, 아주 조금 아야세 양이 엉덩이를 옆으로 움직여 거리를 좁혔다. 나도 같은 만큼 움직여 어깨를 가까이 댔다. 닿을락 말락한 거리. 마치 그녀의 체온이 느껴지는 것 같았다.

문득 9월의 끝, 아야세 양이 끌어안았을 때를 떠올렸다.

서로의 열은 그때 더욱 잘 느껴졌을지도 모른다.

떠올려보니 자연스럽게 볼에 열이 모인다. 다만, 온기에 휩싸였던 그때의 감각은 이제 흐릿해져 버렸다. 그리고 그 이후로, 나와 아야세 양 사이에 그런 스킨십은 없었다.

그건 불안을 품고 있던 나를 위로해주기 위한 허그였으며, 언제든지 가볍게 할 수 있는 게 아니다. 그건 나도 알고 있었다.

연애 감정일 수 있지만 어쩌면 아닐지도 모르는, 그럼에도 호의라는 것은 분명한 감정을 서로 털어놓고 간격 조정을 했다. 그렇다고 해도, 전과 변한 것이 뭐냐고 하면…… 그다지 변한 것이 없었다. 서로를 생각하는 진심을 교환했을 뿐이다.

다만— 그 이상의 스킨십을 안 하는 것은, 지금은 이것만으로 만족하기 때문이기도 했다.

내 마음을 알렸고, 그걸 받아들여줬다. 그것을 확인한 것이 무엇보다도 소중하며, 서로에게 닿는 것은 표현의 수단 중 하나에 지나지 않는다. 그렇게 생각한다.

그렇지만 마음속 어디선가, 손을 잡는 것까지는 아니라도 더 함께 지내는 시간을 만들고 싶다고도 느껴 버린다…….

둘이서 어딘가 놀러 가자고 권해볼까?

하지만, 아야세 양이 정말로 그런 권유를 바라고 있을까?

요즘엔 때때로 그런 생각도 한다.

아니— 잠깐만. 그래도 되나? 이렇게 혼자서만 생각하면 안 되는 거 아냐?

상대의 생각을 제멋대로 읽어냈다고 생각하거나 읽어주기를 기대하는 것은, 우리가 싫어하는 제멋대로인 커뮤니케이션이잖아.

솔직하게 간격 조정을 하면 된다. 나는 새삼 그렇게 마음을 고쳐먹었다.

"하늘이 높아."

아야세 양이 먼 하늘을 바라보면서 말했다.

"가을이니까."

"그렇, 네. 벌써 가을이야……."

"이렇게 쌀쌀한 바람이 불면, 금방 겨울이 되어버릴 것 같기도 해."

"그건 아무래도 너무 이른 것 같아."

"어어, 그러니까. 더 추워지기 전에 어디 놀러 가고 싶어지는— 그런 거?"

그것만으로도 영리한 아야세 양은 어렴풋이 내가 하려는 말을 짐작한 모양이다. 그러나, 나는 거기서 그치지 않고 마지막까지 잘라 말했다. 간격 조정이야.

"다음에, 어딘가 같이 외출하고 싶다고…… 저기, 생각하는데."

대답을 기다리는 몇 초 동안, 내 심박수는 꽤 위험했을 것이다.

아야세 양의 표정은 미묘하게 변화했다. 아주 약간 — 정말로 극히 미약하게 — 안도한 것 같은, 기뻐 보이는 표정을 짓더니.

"응."

그녀는 작게 고개를 끄덕였다.

나는 안도의 숨결을 흘렸다. 어깨에 들어간 힘이 단숨에 풀리면서 마음이 훌쩍 가벼워졌다.

무심코, 생각해 버린다.

평범한 고교생 남녀라면—.

문화제야말로 즐거운 시간을 보낼 수 있는 행사다.

추억 만들기로 함께 교사를 빙 돌아본다든지 말이다.

그런데도 우리는 이런 곳에서 몰래 만나, 손을 잡지도 않고 그저 나란히 앉아서 다음에 어디 같이 외출하고 싶다는, 마음의 간격 조정을 하고 있다.

어중간하고, 어색한 관계.

연애감정과 가족애, 어느 쪽의 거리가 더 가까운지도 분명치 않다.

하지만 확실하게 잘라 말할 수 있는 것도 있었다.

이렇게 소란스러움과는 멀리 떨어진 조용한 비상계단에서, 특별한 대화도 없이 함께 지낼 수 있는 시간이 나에게는 참으로 마음이 편하다.

만약 아야세 양도 마찬가지라면, 그 이상으로 행복한 일은 아무것도 없지 않을까?

구름이 움직여 햇살이 돌아왔다.

굳어진 몸이 온기로 풀릴 무렵, 나와 아야세 양이 드디어 일어서서 시간 차이를 두고 비상계단을 내려갔다.

그 다음에 우리는, 끝을 고하는 교내방송이 흐를 때까지 만나는 일 없이.

나와 아야세 양의 문화제는, 특별한 일 하나도 일어나지 않고, 끝났다.

## ●10월 19일 (월요일) 아사무라 유우타

한 주가 시작되는 날의 아침, 오전 7시.

눈을 뜨자, 희한하게 LINE에 읽지 않은 메시지가 있었다.

휴대전화의 취침 모드를 해제하고서 메시지를 읽었다.

―나라사카 양?

수신 시간은 오전 2시 7분― 어, 2시 넘은 시간에?

"늦게까지 깨어 있네."

그런 시간에 자면, 나는 도저히 아침 일찍 일어날 자신이 없다.

그리고 그런 한밤중에 보낸 메시지 내용이 뭐냐 하면.

『마아야의 중요한 알림』

놀랍게도! 오는 21일은 나라사카 마아야가 지구세계에 탄생한 날입니다!

그리하여 생일 파티를 열 거야!

갑작스러운 초대니까 선물은 신경 쓰지 마시고!

꼭꼭 와주세요!

……그러니까, 다시 말해서 이건 파티 초대라는 건가?

그건 그렇고 자기 생일 파티는 자기가 여는 거던가? 주최자가 주빈을 겸하는 파티라는 건 그다지 들어본 적이 없는 건 같은데. 뭐, 나는 애당초 생일 파티 같은 걸 열어본 적이 없으니까 단언할 수는 없지만……. 초대를 받은 적도 없고.

그리고, 나랑 나라사카 양은 그렇게까지 친한 친구인 것도 아닌데.

나라사카 양과 사이가 좋은 건 아야세 양이다.

게다가 지금까지 만난 횟수도 헤아릴 수 있을 정도밖에 없을 거다. 어째서 친구의 친구 정도 관계인 나를 생일 파티에 초대하는 거지?

그런 의문에 대한 답은, 메시지 마지막에 첨부되어 있었다.

사키도 올 거야.

아야세 양의 이름을 보고, 심박수가 살짝 증가했다.

……어, 어째서 굳이 그걸 강조하는 거지? 설마 나랑 아야세 양의 관계에 변화가 있는 걸 감지한 건…….

아니, 냉정해지자. 나라사카 양은 워터파크 때도 아야세 양의 오빠라는 이유로 나에게 말을 걸어줬다. 한 번이라도 대화를 하면 금방 친구라고 생각할 법한 애니까, 딱히 다른 뜻은 없는 걸지도 몰라.

그러나, 나는 더욱이 생각했다.

"그 밖에도 잔뜩 오는 거지…… 워터파크 때처럼."

거의 초면이었던 동급생들의 모습을 떠올렸다.

나라사카 양과 아야세 양의 반 사람도 있었고, 그 밖에도 여기저기서 모인 사람들. 공통점을 들자면, 다들 사교적이었다는 것 정도다. 나를 빼고서.

내가 모르는 아야세 양의 교우관계를 상상해 버리고, 오랜만에 가슴 속에서 꿀꿀한 감각이 싹틀 것 같았다.

질투, 라.

한심하다고 생각한다. 그 간격 조정 날에 깔끔하게 정리한 감정일 텐데도 아직도 싹트려고 하다니. 물론 싹튼 순간에 자각하고 금방 솎아낼 수 있게 됐으니, 나도 성장을 했다고 생각한다.

전에 편의점에서 아야세 양과 함께 있는 모습을 보았던 그 신쇼라는 남학생과 어떤 표정으로 만나면 좋을지 모르겠지만, 기본적으로는 워터파크 때처럼 자연스럽게 공기처럼 뒤섞여 넘어갈 수 있겠지.

거기까지 생각하고서, 문득 깨달았다.

"아니, 잠깐만."

정말로 워터파크 때랑 같은가?

나라사카 양의 LINE 메시지를 보면서, 위화감의 정체를 찾았다.

그때 나라사카 양은 아마도 참가자들 중에서 누군가에

대한 배려로 참가자 전원에게 교복을 입고 오도록 명기하고 있었다. 그렇지만 이번에는 그런 내용의 기술이 전혀 없다.

그리고, 신경 쓰이는 부분이 또 하나.

스이세이 고교는 도내에서 입시명문으로 통하는 학교이며 생활지도도 상당히 엄격하니까, 수업하고 상관없는 것을 학교에 가져가는 건 리스크가 높다. 선물은 신경 쓰지 말라고 적혀 있지만 이럴 때 보통은 뭔가 선물을 할 테니까, 참가자는 필연적으로 한번 집에 돌아갔다가 나라사카 양 집으로 갈 것이다.

"그렇다면, 다시 말해서……."

이번에는 참가자 전원, 사복으로 갈아입고서 온다. 그런 흐름이 될 확률이, 상당히 높다.

혼자서만 교복 차림으로 가면 붕 떠버릴 거야. 미리 깨달아서 다행이군.

가슴을 쓸어내린 그때, 메시지 마지막이 눈에 들어왔다.

『오빠야도, 사키랑 같이 잘 꾸미고 와.』

사복 지정이 정답이었군.

그건 그렇고, 갑자기 터무니없이 문턱이 올라간 것 같은데. 교복이 아니기만 해도 인정해주면 좋겠는데, 잘 꾸미고 오라는 분부다.

어마어마한 조건이잖아, 나라사카 양.

나는 극히 평범한 일반 고교생이라고 생각하지만, 패션에 관해서는 다소 관심이 옅은 부류에 들어가는 것 같다.

아야세 양처럼 패션을 무장으로 의식한 적도 없다. 그도 그럴 것이 애당초 일상 속에 전장이 있다고 생각도 해본 적이 없으니까, 당연히 무장의 필요성 따위 감이 올 리가 없었다.

그렇지만 지금, 조금이나마 이해한 것 같았다.

생일 파티에 올 다른 학생들을 떠올렸다. 그들 사이에서 수수하고 센스가 없는 사복을 입고 온 자신이 영 미덥지 못할 것 같았다. 갑옷도 안 입고 전장에 나서는 신병의 기분이 이런 건가?

딱히 누구랑 경쟁을 하는 것도 아니고, 싸우는 것도 아닌데. 잘 꾸민 아야세 양만 그 자리에 어울리고, 나만 색칠이 안 되어 배경에서 이상하게 떠 있는 존재가 될 거라고 생각하자 묘하게 진정되질 않는다.

패션, 이라.

일단 패션 잡지라도 읽어두자.

적을 알고 나를 얼면 백전백승이라고 하니까.

아침부터 빙글빙글 끝없이 순환하려는 사고를 진정시키고, 나는 일단 나라사카 양에게 「아야세 양과 상담해볼게」라고 대답했다.

어쩐지 나라사카 양의 의도대로 행동하게 될 것 같기도

하지만.

몸가짐을 갖추고 식탁에 갔는데, 어라? 하고 생각했다. 아야세 양이 안 보인다.

혹시 늦잠인가?

아버지만 식탁 앞에 하릴없이 앉아 있었다.

"안 먹었어?"

"먼저 먹어도 될까 싶어서 말이다."

"그렇구나."

아무래도 자고 있는 아야세 양을 깨우는 건 미안하다고 생각한 거겠지. 보아하니 밥은 이미 퍼놨고, 반찬도 다 꺼내뒀다.

"그래도, 이제 그만 먹어야겠다고 생각하던 참이다."

"아버지, 아직도 바빠?"

"응? 아아…… 그렇구나. 뭐, 상당히 나아졌다."

아버지는 가을에 들어설 무렵부터 회사의 일이 바빠졌는지, 요즘은 잔업을 하느라 늦게 돌아오는 일이 많았다. 때때로 아키코 씨가 걱정이라고 중얼거린다. 뭐, 집에 있을 때는 여전히 힘들어 보이는 모습을 보이지 않지만.

"된장국, 다시 데울까?"

"벌써 데워놨으니까 담아주기만 하면 돼."

"알았어."

아주 조금만 가열하고 된장국을 그릇에 담아 아버지 앞에 놓았다.

"아아, 고맙다."

어디, 아야세 양이 준비해둔 아침 식사 메뉴는…… 으음. 햄과 낫토, 그리고 구운 김, 이구나. 그리고 작은 그릇에 담겨 있는 녹색은 시금치 절임이지만, 하얀 건 뭐지? 멸치볶음?

보고 있는데, 아버지가 낫토에 멸치볶음을 섞어서 국간장을 살짝 떨어뜨리시더니 휘젓기 시작했다.

그러니까, 『멸치 낫토』인가?

"헤에, 그렇게 먹는구나."

"그래. 아키코 씨가 자주 만들어줬어. 이렇게 간단한데 왜 지금까지 스스로 안 해먹어봤나 싶었지."

그야 빤하지. 자기 혼자서 맛있어도 아버지한테는 의미가 없었으니까.

아버지는 멸치 낫토를 따끈한 밥에 올리고 냠냠 먹기 시작했다.

바빠서인지, 맛있어서인지, 젓가락의 속도가 빠르다.

"미끈한 낫토의 식감이랑 멸치의 까끌까끌한 감촉이 입 안에서 적절히 어우러져서 맛있다. 여기에 잘게 썬 차조기를 넣어도 좋을 것 같네. 낫토 대신 팽나무버섯이라도 좋고."

요리 방송 같은 말을 시작하네.

하지만 아키코 씨랑 결혼 안 했으면, 바쁜 아침에는 아직도 날달걀을 올린 쌀밥에 간장을 넣어서 때우지 않았을까?

"그거, 나중에 나도 해볼게."

그런데— 나는 서둘러서 아침 식사를 마치려는 아버지를 보면서 생각했다.

"아버지."

"응?"

"아아, 먹으면서 들어도 되는데. 아버지는 아키코 씨 옆에 있는 자기 차림새를 신경 쓴 적 있어?"

"어떤 의미로?"

"그러니까. 저기, 아키코 씨는 언제나 잘 꾸미고 있잖아. 그래서, 아버지는—."

"하지만, 나도 나름대로 멋지잖아?"

"아들 앞에서 잘도 그런 말을."

태클을 걸자, 그는 헤실 웃음을 지었다.

"아키코 씨랑 사귀게 되면서, 다소 변화는 했다만, 애당초 평균적인 샐러리맨이었잖아?"

어디까지나 평균적이잖아. 아들로서는 태클을 걸 수밖에 없어.

"진지하게 말하자면, 괜히 무리해서 꾸미지는 않아. 꾸미는 건 어른으로서의 몸가짐 정도지."

"흐음."

"아키코 씨 같은 직업이라면 또 다르겠지만, 나는 차림새가 불결하지 않으면 된다고 생각하니까."

아침 식사를 먹으면서 아버지가 말한 것에 따르면, 비즈니스맨으로서 차림새를 신경 쓰는가 아닌가와, 성적인 매력을 높일 수 있는 가는 다른 축의 의식이라고 한다. 아버지는 전자의 의식에 관해서는 아직도 가지고 있지만, 후자는 이제 신경 쓸 필요도 없다고 생각한다고 차분하게 말해주었다.

아키코 씨 주변에 있는 다른 남성이 신경 쓰이지는 않아? 라고 물어봤다. 아버지는 젓가락을 멈추었다. 약간 생각을 하듯이 입을 다문 다음에.

"으음~. 그다지 없네. 분명히 학생 시절에는 좋아하는 사람의 교우관계나 다른 남자를 의식했었지만, 사회인이 된 뒤부터는 어느샌가 신경 쓰지 않게 됐어."

"사회인이 되면— 그러니까 어른이 되면, 이라는 거야?"

"그래. 아니면 일을 하기 시작한 뒤부터 신경 쓰는 포인트가 바뀌었다, 라고 해야 할까? 일의 성질상, 내 벌이의 액수는 내 복장이 얼마나 멋진가로 결정되는 게 아니니까."

"아아, 그래서 비즈니스맨으로서는 의식한다고?"

"일단 이래 보여도 영업을 한 적도 있거든? 그리고 뭐, 그럴 상황이 아니었다는 게, 솔직한 감상이지."

"아아—."

그랬었지.

어린 시절은 의식도 안 했었지만, 고교생쯤 되면 어느 정도 느끼기 시작한다. 자기 아침 식사는 간장계란밥으로 때우는 아버지지만, 나 자신은 이 나이가 될 때까지 생활에 불편함을 느낀 적이 없다.

하지만 그 상태를 유지하는 것은 굉장한 일이다.

집에서는 이렇게 변변찮아 보일지 몰라도 말이다.

"학생 시절에는 달랐어. 주변 남자들의 차림새를 의식하지 않을 수가 없었지. 그, 공학이면 같은 공간에 연애의 적령기인 남녀가 꽉 들어차 있잖아. 그 환경이 그렇게 만드는 걸까?"

라고 말씀을 하시지만.

"그런 거야?"

"그렇지 않을까? 유우타도 그렇잖아?"

"그런가……."

내가 그런 애매한 대답을 했더니, 아버지가 걱정스럽게 한숨을 쉬어 버렸다.

이건 혹시 아버지마저도 내가 유행 같은 거에 둔감한 녀석이라고 인식하는 건가?

어른이 되면 바뀐다, 란 말이지. 아버지의 그 이야기가 정말인지는 한 번도 어른이 되어본 적 없는 나는 알 수가 없다.

"혹시 아키코 씨가 사내의 동료였다면, 다른 남성과 비교해서 눈에 띄려고 지금쯤 래퍼 같은 복장을 했을지도 모르지."

"그런 아버지를 안 봐서 다행이야."

농담을 주고받는 사이에 아버지는 아침식사를 마쳤다.

"잘 먹었습니다."

"설거지는 해둘 테니까, 그대로 두고 가."

"고맙다. 그러면 다녀올게."

그렇게 말하고, 아버지는 서둘러서 집을 나서 회사에 출근했다.

나는 벽시계를 바라보며 시간을 확인했다.

아무리 그래도 이제 슬슬 일어나지 않으면 위험한 시각이다. 방 밖에서 말을 걸어볼까 싶어서, 나는 아야세 양의 방으로 갔다.

그러자 눈앞의 문이 힘차게 열렸다.

당황한 표정 그대로 뛰쳐나온 아야세 양이 내 앞에서 움직임을 멈추었다. 일시정지된 동영상처럼 정지하기를 몇 초. 약간 뻐친 머리칼. 그녀가 이 집에 온 뒤로 한 번도 내 앞에서 보여준 적이 없는 상태다. 입고 있는 옷도 파자마였다.

움직임을 재개한 아야세 양은, 발 빠르게 세면장으로 달

려 들어가서 덜컥 내 시선을 튕겨내듯이 문을 닫았다.

"어, 그러니까……."

막 일어난 모습을 보여준 아야세 양보다도 내가 더 가슴이 두근거리는 것 같은데.

지금까지 함께 생활하면서 처음이라고 해도 좋을, 삐친 머리칼. 고동이 격렬해진다. 그와 동시에, 이렇게 오래 함께 지냈는데 이번이 처음인가? 라는 생각을 하면서 새삼 평소 그녀의 완전무결함에 놀랐다.

뭐, 깼다면 문제없겠지.

"……아침 식사, 토스트라도 괜찮으면 구워둘게."

찰나의 침묵을 끼우고 대답이 돌아왔다.

"미안. 고마워."

나는 주방에 섰다.

토스트를 오븐 토스터에 넣고 타이머를 세팅. 그대로 인덕션의 전원을 켜고 된장국을 가열하며, 냉장고에서 슬라이스 햄을 꺼내 그릇에 추가했다.

세면장의 문을 열고 아야세 양이 뛰쳐나와, 다시 자기 방으로 뛰어 들어갔다. 나도 굳이 그쪽을 보지 않으려고 등을 돌리고 있었다. 보여주고 싶지 않을 테니까.

따끈따끈한 토스트를 꺼내 그릇에 올리고, 아야세 양 자리 앞에 두었다. 된장국도 끓기 전에 가열을 멈추고 그릇에 담았다. 세련된 아침 식사를 노린다면 토스트에는 수프

일 거란 생각도 들지만, 그러면 된장국이 남아 버리니까 참아야지. 가정 요리는 기본적으로 무국적에 프리덤한 거니까.

참고로 내 관찰 결과에 따르면, 아야세 양은 아침에 낫토를 안 먹는다. 여자이기 때문에 고집이 있는 건지 본인의 취향인지까지는 모르지만. 그래서 냉장고의 낫토를 꺼내는 건 그만두었다.

준비완료. 거의 동시에, 옷을 갈아입은 아야세 양이 방에서 나와 의자에 앉았다. 평소처럼 완벽하게 무장한 모습을 보고 마음속으로 박수를 보냈다. 역시 대단해.

"고마워. 미안, 전부 맡겨 버렸네."

"이 정도야 뭐. 별 거 아냐. 애당초 전부 어제 아야세 양이 준비해둔 거니까. 그거면 충분해? 조금 더 뭔가 꺼낼까?"

힐끔 냉장고에 시선을 보내면서 물었다.

"충분해. 정말, 미안해."

"아니야. 하지만 희한하네."

"어젯밤에 마아야랑 전화가 길어져서. 너무 늦게 잤어."

아야세 양의 말에, 나는 LINE 메시지를 떠올렸다. 그러고 보니, 아야세 양에게 말을 꺼냈다.

"나한테 나라사카 양의 LINE이 왔거든. 아마 들었을 것 같은데."

"아……, 응."

"생일 파티, 어쩔 거야?"

별로 깊게 생각하지 않고 물었는데, 그 순간 그녀의 움직임이 멎었다. 시금치 절임을 젓가락으로 집은 채 어째선지 토스트를 입가에 가져간다. 직전에 깨달았는지 시금치를 토스트 위에 떨어뜨리고 김을 올려서 먹기 시작했다.

희한한 방식으로 먹는구나 싶었는데, 입 안에 넣고 나니 묘한 표정을 지었다.

눈치를 못 챘던 건가.

"……어쩌기는. 기왕 초대를 해줬으니 축하해줄 생각이야. 아사무라 군은?"

"방해가 되지 않는다면 가도 될 것 같은데. 그게, 나는 나라사카 양을 그리 잘 아는 게 아니니까. 선물은 필요 없다고 했지만, 아무리 그래도 빈손으로 가는 건 비상식적이지."

"아아, 응. 그렇네. 뭐, 서로 고등학생이니까, 그렇게 대단한 건 아니라도 좋을 거야."

"그렇구나. 하지만, 그러면 뭘 선물해야 할까 좀 고민이네. 여자애한테 선물 같은 거 한 적이 없으니까."

"없구나."

"없어."

"그래. 없구나. 그러면, 어쩔 수 없네. 그러니까…… 선물, 사러 갈래?"

"그렇네. 앗, 하지만—."

말하면서 나는 찻잔에 차를 따랐다. 아야세 양에게도 시선으로 「마실래?」하고 물었지만 고개를 옆으로 흔들었다. 필요 없구나. 뭐, 토스트에 차는 아무리 그래도 안 맞으니까. 나는 천천히 차를 마시고 그녀가 다 먹을 때까지 기다리기로 했다.

사람에 따라 다르겠지만, 테이블 위가 가득 찬 상태가 아닌 한 나는 누군가 먹고 있을 때 그릇을 치우지 않는다. 재촉하는 것처럼 느껴질 수 있지 않을까? 그러면 맛있게 먹기 어려울 거라는 생각 때문인데. 뭐, 아무래도 좋은 고집이다.

"—가까운 곳에 둘이서 선물 사러 가면 학교의 누군가가 볼지도 모르잖아."

"아아, 응. 둘이서 선물 사러 가는 건, 누가 보면 안 좋은 일, 일까?"

그건 다시 말해서, 남매라면 있을 수 있는가 없는가라는 질문이다.

나는 조금 생각하고 대답했다.

"사이좋은 남매라면, 평범하게 하는 일, 이라고 생각해."

"그렇네. 다만, 나는 조금…… 싫을 것 같아."

아야세 양이 말하고, 말을 고르면서 띄엄띄엄 말을 이었다.

"그게, 기껏 외출하는 거니까. 남들 시선을, 신경 쓴다거나, 괜한 생각은 하기 싫어서."

"아아……. 분명히, 그럴 수 있겠네."

데이트라고 부를 수 있는지는 모르겠지만, 단둘이 보내는 시간이다.

나도 되도록 편안한 상태로 임하고 싶다.

"그러면 내일, 방과 후에 조금 멀리 나갈까? 오늘은 알바가 있으니까 무리일 거고."

"응."

내 제안에, 아야세 양이 토스트의 귀퉁이를 깨물면서 작게 고개를 끄덕였다.

평소에는 아야세 양이 얼른 밥을 먹고 나보다 빨리 집을 나서 버리니까, 이렇게 단둘이 아침 식사를 하는 건 생각보다 기회가 없다. 지금 상담할 수 있어서 다행이었어.

웬만하면 없는 아야세 양의 늦잠에 감사해야지.

"문화제 때 한 말, 기억해?"

아야세 양이 물었다.

"물론이지."

둘이서 어딘가 외출하자고, 우리는 약속을 했었다.

생각보다 빨리, 그 기회가 찾아왔군.

월요일 아침.

간단한 조례가 끝난 교실에는, 또 다시 긴 일주일이 시작된 것에 대한 나른함과 잡담을 하지 못한 주말의 틈을 메우려는 열기가 담긴 대화 양쪽이 격돌하여 혼돈이 느껴졌다.

참고로 나는 나른함을 풍기는 세력이다. 다들 용케 저렇게 이야기를 할 수 있네.

"아침부터 지쳐 있구만, 아사무라여."

덜컥 소리를 내고 내 앞자리에 앉으면서, 마루 토모카즈가 말했다. 이 녀석은 체격이 나보다 한 사이즈 크다 보니, 마치 곰이 눈앞에 갑자기 나타난 것처럼 박력이 있다.

"마루냐. 다들 참 활기차구나 싶어서."

"무슨 노인네 같은 소리를 하냐."

"아침에 좀 바빴어."

이것저것 꾸물꾸물 생각하다 보니까, 마지막에는 신발장에서 교실까지 전력질주를 하게 되었다.

"지쳐 있는 참에 미안하지만, 더 지치는 이야기를 해도 되냐?"

"뭔데, 그건?"

"너의 스토커 같은 녀석이 끈질기게 달라붙어서. 같이 이야기할 기회를 주선해달라고 조르더라."

"이번엔 무슨 만화에 영향을 받은 거야?"

"농담으로 흘려 넘기려고 하지 마. 찐이다, 찐이야."

"찐이라고 하셔도 말이지. ……나를 스토킹하는 인간 따위 없을 것 같은데."

학교 안에서 면식이 있는 학생부터가 한정적이다. 마루를 제외하면, 그야말로 아야세 양이나, 나라사카 양의 초대를 받아 함께 워터파크에 갔던 사람들 정도지.

누구지? 생각할 것도 없이, 답을 금세 알 수 있었다. 마루가 복도 쪽으로 고개를 돌리며 가볍게 손을 들자, 교실 입구에서 기다리고 있던 그 학생이 상쾌한 미소를 지으며 가볍게 달려서 다가왔다.

"고마워, 토모카즈. 중개해줘서. ……그리고, 오랜만이야. 아사무라."

"어. 아아…… 오랜만이네."

조금 반응이 늦어졌지만, 어찌어찌 인사는 했다.

짧게 자른 머리칼을 밝게 염색한, 운동부로 보이는 스마트한 인상의 남학생, 신죠 케이스케.

여름 방학 때 워터파크에 함께 갔던 멤버 중 한 명이며, 전에 아야세 양과 함께 있는 모습을 목격해서 꿀꿀해졌던 상대다. 일방적으로 품고 있는 어색함을 드러내지 않도록, 세심한 주의를 기울여야 할 것 같네.

"아사무라랑 친해지고 싶어서, 교우관계 정보를 필사적으로 조사했다고 하더라. 기분 나쁜 자식이야, 정말이지."

"그랬었구나. 일단 얼굴은 아니까, 그냥 말을 걸어줬으면 됐을 텐데."

"아직 널 잘 모르니까. 단숨에 거리를 좁히면 싫어할지도 모를까 해서."

"그래서, 나랑 친하다는 걸 알아내서는 중개해달라고 하더라."

마루가 질색하면서 말했다.

그러고 보니 신쵸는 아까부터, 토모카즈, 라고 마루의 이름을 부르고 있다.

"두 사람은, 친했구나?"

"그렇게까지 친한 건 아닌데, 중학교가 같았어. 운동부끼리 정보교환을 하기도 하지."

"흐응. 뜻밖의 연결점이 있네."

솔직히 놀랐다.

전혀 다른 타이밍에 알게 된 두 사람이 사실은 아는 사이였다. 이 현상은 추리 소설을 읽는 것 같은, 퍼즐의 조각이 딱 들어맞은 감각이 들게 한다. 현실에서 복선의 회수, 가 된 것 같은 느낌.

"하지만 그렇게까지 해서 나랑 이야기를 하고 싶다고?"

나는 신쵸에게 물었다.

솔직히 짚이는 이유가 아무것도 없어.

"아아. 그거 말인데…… 잠깐 괜찮을까?"

그렇게 말하고 신쵸는 나랑 시선을 맞추듯이 몸을 숙이더니, 나랑 마루에게 다가오라고 손짓을 했다. 소란스러운 교실 안에서 셋이 비밀 이야기를 하는 구도다.

신쵸가, 작은 소리로 말했다.

“토모카즈도, 아사무라랑 친하다면 알잖아. 우리 반의 아야세랑, 아사무라에 대해.”

“음…….”

마루가 힐끔 시선을 보냈다. 이 녀석이 알아도 되냐? 라고 확인하는 시선이겠지.

내가 말없이 고개를 끄덕이자, 마루가 그러냐 하면서 납득하고 대화를 이었다.

“물론 알고 있다. 부모의 재혼으로 남매가 됐다지. ……그게 왜?”

“다시 말해서 지금 아사무라는 누구보다도 아야세를 잘 알고 있다는 거야.”

“뭐, 그렇게 되려나.”

……어. 내가 한 말에, 스스로 놀랐다.

지금 그 말은, 진심이 아니다.

고작해야 같은 집에 살고 있는 것 정도로 아야세 양을 다 안다고 진심으로 생각했다면, 그건 지독하게 오만하고 우쭐거리는 생각일 거야. 누가 뭐래도 완전히 방심한 막 깨어난 모습조차, 오늘 아침에 처음으로 봤으니까.

그래도 신쵸의 말을 긍정해 버린 것은, 자신 안에 있는 얄팍한 대항의식이 드러난 것일까?

“혹시 아사무라를 더 잘 알면, 아야세에 대해서도 이해

할 수 있지 않을까 싶어서.”

“뭐야. 신죠 너, 아야세를 노리는 거냐?”

“응, 뭐…… 그게, 그건, 그런 거지. 응.”

마루가 날카롭게 지적하자, 신죠는 쑥스러운 기색으로 볼을 긁적이면서도 순순히 인정했다.

그 옆모습을 봤더니, 아아, 당당하게 자기 마음을 말할 수 있다니, 좋겠다……하고.

신기하게도, 질투보다도 먼저 부럽다고 느끼는 자신이 있었다.

“하~, 설마 너도냐? 여름방학에 들면서 정말 늘어났지. 뭐, 애당초 미인이었고, 나쁜 소문이 거짓말이었다고 알려졌으니, 그야 뭐 몰려들겠다.”

“사람을 벌레처럼 말하지 마라 좀.”

“오빠가 보기에 여동생에게 접근하는 남자는 그야말로 해충이잖아. 야, 아사무라. 여동생을 목적으로 친해지려는 괘씸한 놈은 용서 못하지 않냐?”

“아니, 그래도, 타산만 있는 게 아냐! 타산도 물론 있지만, 뭐라고 해야 하나. 그 아야세랑 가족으로서 잘 지내고 있는 녀석이 어떤 녀석인지도 흥미가 있어!”

“아하하. 그건 변명 안 해도 돼.”

당황하는 신죠의 모습이 우스워서, 그만 웃음이 흘러나왔다.

실제로 진심인 거겠지.

뭔가 다른 속셈이 있어서 다가온 거였다면, 좀 더 다른 변명을 떠올릴 것 같으니까.

"학교에서 이렇게 떠드는 건 언제든지 괜찮아."

"정말……! 고마워, 아사무라!"

"학교에서만이야. 알바가 바빠서, 방과 후에 놀러 다니는 건 좀 어렵거든."

피하려고 하는 말이 아니다. 실제로 마루하고도 여름방학에 애니메이션 전문점에 가끔 가는 정도고, 요즘은 학교 밖에서 만나는 일이 일단 없었다.

"그리고, 아사무라라고 부르는 건 낯간지러우니까 관두자. 마루는 토모카즈라고 부르는데, 나는 아사무라면, 조금 그러니까."

"그러면, 유우타."

"그럼, 신쇼."

"어, 거기선 케이스케 아냐!?"

"그것도 좀 봐주면 좋겠어. 마루한테도 그렇고, 남의 이름 부르는 게 익숙하질 않아서."

"그래…… 뭐, 편하게 부르면 돼. 어쨌든 잘 부탁해!"

"그래. 잘 부탁하는 김에 말인데, 질문 하나 해도 될까? 마루한테도."

"물론이지. 뭐든지 물어봐. 내가 대답할 수 있는 거라면 뭐든지 답해줄게."

"갑갑한 놈이 대화에 끼어들었네……. 뭐, 좋다. 들어보자고, 아사무라."

마침 딱 좋은 기회다. 청결감이 있는 외모의 신쇼라면 패션에 관한 지식도 있을 것 같고, 여러모로 배울 수 있을지도 몰라.

아야세 양을 좋아한다는 남자에게 묻는 건 어떤 걸까 한순간 생각했지만, 그건 그거고, 이건 이거다. 플랫하게 생각하면 상관없을 거라고 생각했다.

"연애 관계……인지 아닌지는 제쳐두고, 조금 신경 쓰이는 여자애가 있다 치자. 그 애도 참가하는 남녀혼합 파티가 있어. 그 상대는, 둘 다 각자 자유롭게 상상을 해주면 좋은데."

"흠. 그래서?"

"그 파티에, 어떤 복장으로 가냐? 평소랑 같은 옷을 입고 가는지, 아니면 평소랑 다른 옷으로 가는지."

마루가 가방을 열어 1교시째 준비를 하면서, 흐~음. 하고 생각했다.

신쇼도 진지한 표정으로 생각중이다. 이런 질문에 놀리지 않고 생각해주는 걸 보니, 지금까지 잘 몰랐던 녀석이지만 분명히 괜찮은 녀석일 거라고 생각한다.

"새로운 옷을 살지 말지는 모르겠지만, 적어도 가지고

있는 것 중에서 제일 좋은 옷을 입고 갈 거야."

"그렇구나."

꾸미는 것에 대한 의식이 높아 보이는, 신쵸다운 대답이라고 생각했다.

그리고 마루도 신쵸에게 동조했다.

"그렇지. 나도 같은 의견이다."

"어, 마루도?"

"이상해?"

"아니, 마루라면 어쩌면 평소랑 같은 옷을 입는다고 대답할 것 같았어."

"무리를 할 생각은 없어. 하지만, 신경 쓰고 있는 것을 상대가 알아줬으면 하니까."

"알아줬으면 해? 배려하는 걸 눈치 못 채도록 하는 게 아니고?"

나는 마루의 말이 뜻밖이라고 느꼈다.

"이런 건 상대에 따라 달라. 평소에는 아마 네 말대로 했어. 정말로 신경을 쓰는 사람이라면, 신경 쓰고 있다는 것마저 깨닫지 못하도록 하는 거라고 나도 생각한다. 그러나, 이 경우는 다르다. 말 그대로 TPO의 O지. Occasion—경우, 가 달라."

"좋아하는 애가 참가하는 게 크지. 솔직히, 의식하지 않는 건 오히려 그게 매너 위반이라고 할 수 있어."

"그래. 신쵸 말이 맞다."

마루가 고개를 끄덕이고 말했다.

"호의를 품은 상대에게 신경 쓰고 있는 것을, 상대가 볼 수 있도록 하는 것도 중요한 거다. 새나 짐승도 구애 행동을 상대가 잘 볼 수 있도록 하잖아?"

"구, 구애라니."

마루의 입에서 나온 말이 너무 뜻밖이라서, 한순간 당황했다. 그 틈을 재는 것처럼 마루가 씨익 웃음을 짓고, 말의 폭탄을 투하했다.

"꽤나 되바라진 걸 물어보잖아? 이번에야말로 좋아하는 애라도 생겼냐?"

게다가, 어째선지 기뻐 보인다.

"아니 딱히 그런 건 아냐. 조금 물어보고 싶었을 뿐이지."

"말을 해."

"말 안 해. 그리고, 말할 게 거의 아무것도 없다니까."

"그래서, 애당초 어떻게 시작됐는데?"

"정말로 아무것도 없다고……. 다만, 패션에 대해서, 두 사람이 어떤 의식을 가지고 있는지 알고 싶었을 뿐이야."

"풉…… 하하. 아하하! 유우타는 참 재미있네."

"어? 지금 웃을만한 부분이 있었어?"

갑자기 신쵸가 웃음을 터뜨려서, 나는 당황했다.

"굉장히 진지하게 사물을 생각한다 싶었거든. 여자애랑

놀러 갈 때 어떤 복장이 어울리는가, 라는 거는. 지금까지 그렇게 진지하게 생각해본 적이 없는 것을, 새삼 생각해서 말로 표현하다니, 어쩐지 재미있어."

"……복장에 대해서, 평소부터 이것저것 생각하는 거 아냐?"

"전혀. 질문을 듣고 생각해 보고서야, 지금 비로소, 나는 이런 생각으로 살아왔구나 알게 된 느낌이야."

신선한 기분이라며 신쇼가 웃었다.

내가 당연하게 하고 있는 것을, 그는 하지 않았다고 한다. 반대로 그가 무의식적으로 가지고 있는 패션 감각을, 나는 의식하지 않으면 기를 수 없다.

내가 일방적으로 가지지 못한 자라고 생각하고 있는데, 이건 혹시 옆자리 떡이 더 커 보인다라는 걸까?

"참고로, 신쇼는 잘 꾸미고 다니는 것처럼 보일지도 모르지만, 반칙을 하는 것뿐이다."

"야, 좀. 토모카즈. 그건."

"반칙?"

"으……."

신쇼가 볼을 긁적이고, 어색하게 말했다.

"아~, 그게…… 여동생이 있거든. 지금 중3인데, 가족이 옷을 사러 갈 때, 내가 대강 고르면『오빠 촌스러워』라면서 알려주거든."

"여동생이?"

"그래. 그래도 일단은 여자애잖아. 여자애 시선으로 옷을 골라주니까, 솔직히, 그건 아주 도움이 되긴 하지."

"반드시 자기 센스가 아니라도 된다, 란 말이지. 그렇군, 그런 발상은 없었어."

"유우타도 패션 신경 쓰이면 여동생한테 물어보면 어때?"

"아야세 양한테? 아니, 그건 아무래도……."

"바보냐. 애당초 동급생이었던 여자애랑, 태어난 뒤 계속 함께 자란 여동생을 똑같이 취급하지 마라."

내가 어물거리자, 마루가 신죠의 옆구리를 쿡 찌르며 말했다.

힘 조절도 별로 안 했는지, 신죠가 조금 아픈 기색으로 옆구리를 누르며 대화를 이었다.

"그, 그것도 그렇네. ……그럼 내 동생한테 물어볼까?"

"그걸 제일 잘 모르겠는데."

그런 걸 보게 된 여동생이 당혹하지 않나?

"아니, 의외로 여자애들은 그런 걸 좋아하거든. 내 친구들 사진을 보는 게 재미있나 봐. 테니스부 녀석들의 머리 모양이나 복장, 그런 거에 꽤 조언을 해주거든."

"그, 그런 것까지 하고 있었구나. ……아~, 그래서로군."

남매나 자매가 있는 학생은 선후배 교제도 많다고, 중학교 때부터 느끼고 있었다.

어째서인가 했는데, 커뮤니케이션 능력이 높은 형제자매를 가진 사람은 이런 교류를 하고 있었구나.

어쩌면 신쇼 주변에 꽤 잘 꾸미고 다니는 남자들이 많은 건, 그런 녀석들끼리 의기투합한 것뿐이 아니라, 그런 잘 꾸미는 정보나 환경을 공유하고 있기 때문일지도 모른다.

"다른 녀석도 한 적 있었고, 유우타도 아마 OK일 거야. LINE으로 사진을 보내면 금방 여동생한테 전송할게."

"딱히 예정은 없지만……. 그렇네, 기회가 있으면."

"뭐, 사내자식들 패션 센스라는 건 대개 그런 법이야. 잘 꾸미고 다닐만한 환경에 있거나, 뭔가 이유가 있어서 스스로 죽을 만큼 공부를 하든가. 안 그러면 익힐 수가 없다니까. 그런 건 언제든지 따라잡을 수 있어. 다른 녀석이랑 비교해서 조바심 낼 필요 없다."

마루가 타일렀다.

구체적으로는 아무것도 모를 텐데, 어째선지 마음을 읽은 것처럼 적절한 조언을 해준다. 역시 듬직한 친구다.

마루 앞에서는 아야세 양에 얽힌 화제는 피하는 게 좋을지도 몰라. 이대로는 언젠가 모조리 자백하게 될 것 같다니까…….

"야, 신쇼. 종 울렸다. 얼른 돌아가. 해산!"

"아차, 벌써 시간이."

마지막으로, 짤막하게 LINE 연락처를 교환했다.

“재밌었어. 토모카즈, 유우타, 또 올게!”

“무리해서 안 와도 돼.”

“그럼, 또 봐.”

마루가 대충 대해도, 신쵸는 밝게 손을 흔들고 교실을 나섰다.

대화해서 다행이라고, 나도 생각했다.

다른 인종이라고 생각했던 인간이 뜻밖에 가깝게 느껴졌고, 패션에 대해서도 역시 포기하지 말고 의식해보자고 생각했다.

10월 후반이 되면 날이 저무는 게 빠르다.

방과 후, 집에 돌아가지 않고 곧장 알바하러 자전거로 직행했다.

서점에 도착했을 때, 해가 서쪽 지평선 근처까지 떨어져 있었다. 오늘 일몰은 5시경이었을 것이다.

뭐, 앞으로 2개월이면 동지니까.

가을도 꽤 깊어졌다. 이제 곧 코가라시[#1]가 불 것 같다. 두꺼운 스웨터를 입지 않으면 자전거 타기 힘들어질 시기가 되어간다.

옷을 갈아입고 사무소에 들어가자, 아야세 양과 요미우

**#1 코가라시** 일본의 기상 용어. 나무가 마른다는 뜻의 겨울에 부는 바람. 일본 기상청의 정의는 관동 지방에서 10월 중반부터 11월 말에 기압배치가 서고동저일 때 북서쪽에서 부는 초속 8미터 이상의 계절풍.

리 선배가 이미 있었다. 오늘은 이렇게 세 명이 근무였다.

"좋은 아침이야. 우리 후배."

먼저 돌아본 요미우리 선배가 인사를 했다.

수수한 서점 직원의 유니폼을 입고 앞치마를 두른 이 알바 선배는, 외모만 보면 검은 롱 헤어의 고풍스러운 미인이다.

"아침—이 아니잖아요. 이제 곧 밤인데요? 아예 굿모닝이 아니라 굿나잇이라도 괜찮은 시간 아니에요?"

"업계 용어야. 업계 용어."

"적어도 그 업계랑 서점 업계는 아마 관계가 없어요. 그래서, 무슨 일인데요?"

"그렇게 간단히 흘리지 마. 어른스러운 대응을 하면 어른은 난처하거든? 흑흑흑."

어린애냐.

"나랑 사키 양이 오늘 계산대 담당으로 임명을 받았어."

"아~."

어쩐지 아야세 양도 떫은 표정이더라니.

나는 신경 쓰지 않는 편이지만 일반적으로 계산대는 서점 업무 중에서 귀찮은 부류에 들어간다. 누가 뭐래도 최근 카운터 업무는 할 일이 많다.

한숨을 쉬고서 아야세 양이 말했다.

"계산대는 배울 게 너무 많아."

"하지만, 사키 양, 처음 2주일 만에 거의 전부 기억했잖아."

"거의, 잖아요. 아직 혼동되는 것도 있어요."

"그 정도면 훌륭해. 나는 익숙해질 때까지 3개월쯤 걸렸거든. 게다가, 지금은 내가 일하기 시작할 무렵보다 훨씬 힘들어."

"그런가요?"

"돈의 지불 방식이 다양화됐으니까~. 신용 카드만 있는 게 아니라 앱으로 결제하는 손님도 늘었고. 아, 하지만 다음에, 카드도 앱 결제도 한 번에 가능한 기계를 들여온대."

"오오, 드디어 우리 가게도인가요!"

그건 고마운 일이다. 이걸로 계산의 수고가 꽤 줄어들지도 몰라.

"뭐, 늘어나기만 하는 게 아니라 줄어드는 것도 있지. 지금은 반대로 도서권은 거의 볼 수가 없어."

그때 아야세 양이 고개를 갸웃거렸다.

"도서권이라는 게 뭔가요?"

"도루우에!?"

선배, 그 소리 대체 어디서 나는 건가요……?

"우와아, 이거이거이거~! 이게 제네레이션 갭이라는 것이구마안! 우리 후배, 지금 그 말 들었어? 봐, 이게 바로 탱탱한 여고생의 생태라는 거야. 설마 했던 요즘 아이들의 강림을 뵙게 되다니~."

"도서권에 대해서는 직업에 따른 지식격차니까 세대는 상관없는 것 같은데요……."

"아아. 이제 끝장이야. 나도 드디어 텃세 부린다고 괄시받는 시대가 되어 버린 거야아아. 흑흑흑."

"그렇게 말로 울지 마세요. 그리고 흑흑흑이라고 우는 사람은 처음 봤는데요."

"그러면, 어흑흑흑흑."

뭔가 늘었어…….

"그러니까? 저기 그게, 도서권이란 건요?"

알바 시작 시간이 될 때까지 아야세 양에게 도서권이라는 한 시대 전의 결제수단에 대한 설명을 했지만 감이 안 오는 모양이다.

도서권이나 문구권 등의 종이 금권 자체가 드물어진 걸지도 모른다. 전화 카드 같은 자기식의 카드마저도 줄어들었으니까.

계산대에 들어가는 두 사람을 흘깃 보면서, 나는 오늘 책장 비우기 업무를 하고자 짐차를 끌면서 책장으로 갔다.

짐차 위에는 반품할 책을 담기 위한 빈 박스가 하나. 반품 리스트를 한 손에 들고, 가볍게 숨을 내쉬며 기합을 넣었다.

"그럼……."

우선, 커다란 것부터 하자.

정리의 요령은 커다란 것부터 처리하는 거라고 한다. 지치지 않고, 질리지 않았을 때 커다란 것을 처리해둔다. 달성감도 크니까 모티베이션을 유지할 수 있다.

반대로 찔끔찔끔 작은 것부터 시작해 버리면, 시간당 소화량을 적게 느껴서 의욕이 떨어져 버린다.

책 중에서 자리를 차지하는 장르는 누가 뭐래도 대형 잡지다.

평상에 쌓여 있는 잡지들 중에서, 내일 최신호가 입하되어 버려야 할 것을 빼서 박스에 넣는다.

한두 권밖에 안 남은 것은 평상에서 선반으로 옮기는 거니까 주의가 필요하다.

책등만 보이면 확인하느라 조금 번거롭다.

작업 중에, 괜히 멘즈 패션잡지가 눈에 들어와 버렸다. 손이 베일 것처럼 빳빳한 — 실제로 겨울이 되면 손을 베이는 일도 있다 — 상질의 컬러 종이 표지에는 잘 꾸민 차림새의 남성이 삐딱한 자세로 찍혀 있었다.

같은 장르의 책 발매일은 같은 날이 되기 쉽다. 내일이 패션 잡지 입하일인 것은 우연에 지나지 않는다. 아마 지금까지도 이 정도의 빈도로 패션지를 보았을 텐데. 그러나, 의식하지 않았겠지.

역시. 요즘 유행은 이런 옷이구나…… 보기만 해선 잘 모르겠지만.

그러고 보니 이런 잡지는 남성용, 여성용이 따로 존재하는데, 둘 다 이성에게 잘 보이는 걸 중시하는 걸까? 아니면 이성에게 잘 보이는 것과 상관없이, 개인의 센스를 중시하는 걸까?

남자인 내가 여성 패션지의 이상한 머리 모양을 귀엽다고 느끼지 않는 것처럼, 남성 패션지의 복장을 여성이 하이센스로 평가할 거라고 장담할 수는 없어.

학교에서 마루와 신쵸에게 남자 시점의 의견을 들었지만, 여성 시점의 이야기도 들어보고 싶군.

마침, 요미우리 선배가 있다.

필요한 작업을 끝내고, 짐차를 반납한 뒤 계산대로 갔다.

아야세 양이 카운터 안쪽에 들어온 나를 보고 일어섰다.

"그럼, 교대해서 내가 매장 정비네."

그렇게 말하고, 얼른 매장으로 나가버렸다. 어쩐지 좀 서먹한 태도네? 옆을 지날 때 나를 본 것 같기도 하고…….

마침 저녁 식사 때라 가게 안이 한가해지기 시작했다.

필연적으로 계산대도 한가하다. 늘어서 있는 계산을 기다리는 손님도 없다. 하릴없는 계산대 안에서 나와 요미우리 선배 단둘이다. 그러니까, 조금 정도는 대화를 해도 괜찮겠지.

"선배, 아야세 양이랑 무슨 이야기를 했어요?"

"딱히이~. 아무것도 아냐."

"……그럼 상관없지만요."

캐묻는 것도 못난 짓이야. 내 이야기라도 한 건가 생각하면, 조금 안절부절못하지만.

"응? 우리 후배, 왜 그래? 졸린 개구리 같은 표정이네."

"그건 대체 무슨 표정인데요?"

"음아아~, 하는 표정."

요미우리 선배가 눈을 게슴츠레 뜨고, 약간 턱을 내밀더니 고개를 들면서 먹이를 기다리는 아기새처럼 입을 열었다.

……모르겠다. 그리고, 내가 그런 표정을 지었단 말이야?

완전히 이야기의 페이스를 빼앗기기 전에, 나도 신경 쓰인 것을 물어보기로 했다.

"그런데 말이죠. 예를, 들어서요. 예를 들어 선배한테 남자친구가 생겨서. 데이트를 한다고 쳐요."

"……후훗."

응? 지금, 왜 웃었지?

"그게…… 남자친구가 잘 꾸미길 바랄까요?"

음~, 하고 턱에 손가락을 대고서 천장을 올려다보는 요미우리 선배. 귀엽게 입가를 오므리고 허공을 노려보는 옆모습은 평범하게 청초한 미인 여대생이지만……. 어째서 졸린 개구리 흉내 같은 걸 낼 수 있는 거야?

"남자친구가 너무 잘 꾸미면, 이쪽 프레셔가 장난 아닐 것 같아."

"프레셔, 인가요?"

그러니까, 여자 쪽도 기합을 넣을 필요가 생기니까 마음고생을 할 것 같다, 라는 뜻이다.

그렇구나.

"뭐, 그래도."

"응?"

나는 요미우리 선배의 목소리에 주의를 되돌렸다.

"그건 그렇다 치고, 딱히 멋지게 변하지는 않아도 말이야. 신경 써준 걸 알 수 있으면 기쁠 거야."

그 말에 나는 퍼뜩 깨달았다.

오늘 아침 마루가 비슷한 말을 한 걸 떠올렸다. 신경 쓴 것을 알 수 있는 태도도 중요하다고.

요미우리 선배 말로는, 애당초 잘 꾸미지 못하던 사람이 자신과 만날 때 잘 꾸미고 오면, 그것이 자신에게 잘 보이고 싶어서라고 생각하니까 기뻐진다. 그렇게 해주는 남자애가 『귀엽다』고 생각해 버릴 거다— 라고 한다.

"조언 감사합니다. 납득했어요. 다만 한 가지만. 『귀엽다』는 그거, 칭찬이긴 해요?"

"어허, 아닐 것 같아?"

"그다지 들어서 기쁘지는 않을 것 같은데요……."

"말이라는 건 문맥 속에서 의미를 가지는 거야, 우리 후배. 책을 좋아한다고 자칭할 거면, 그걸 언제나 고려해야지!"

"문맥……. 그렇군요. 그러면, 그 문맥 속에서 『귀엽다』의 의미는?"

"존귀함!"

"물어본 제가 바보였습니다."

"에이~ 거짓말이야. 당연하잖아—."

계산대 쪽으로 걸어오는 손님을 발견하고 순식간에 표정을 긴장시키더니, 자연스럽게 접객 모드로 전환한 요미우리 선배가 반론의 틈을 주지 않고 재빨리 말했다.

"사랑한다, 짜샤. 라는 의미야."

얼굴이 붉어질 법한 대사를 용케도 맨정신으로 할 수 있다고 감탄하지만, 저렇게 딱 잘라 말해버리면 의문을 던질 마음이 안 들었다. 적어도 요미우리 선배는 그렇게 생각하는 거겠지. 아야세 양도 마찬가지일지는 모르고, 반론하는 여성도 있겠지만.

패션지, 한 권 확보해두자…….

밤 10시를 넘어, 알바를 마치고 아야세 양과 둘이서 돌아가는 길.

자전거를 미는 내 옆을 걷는 아야세 양을 슬쩍 보니, 겨울옷의 소매 끝으로 보이는 손을 비비는 모습이 조금 추워 보였다. 오늘은 해가 떨어지고서 급속하게 기온이 내려갔다.

"장갑 안 가져왔어?"

“아직 이르잖아. 일단은 10월이니까. 하지만…… 오늘은 조금 춥네.”

시부야 역 앞의 가두 온도계는 섭씨 9도를 가리켰다.

분명히 이 시기치고는 너무 쌀쌀하다.

“편의점에서 따뜻한 거라도 살까?”

“괜찮아. 금방 집에 도착하니까. 아깝잖아.”

“응…… 뭐, 그렇지.”

이럴 때 나랑 아야세 양의 관계라면, 뭘 하는 게 좋은 걸까?

손을 잡고 싶어도, 내 양손은 자전거의 핸들을 쥐고 있다. 그러고 보니 옛날에 읽은 만화에서 자기 주머니에 상대 여자애 손을 넣는 창피한 전개가 있었는데, 역시 그건 연인 사이라면 하고 싶어지는 걸까?

그런 행위를 하고 싶은지 물어보면, 남들 앞에서 하는 건 창피하니까 관두고 싶다고 생각한다.

이건 다시 말해서 내가 아야세 양에게 바라는 관계가 연인 사이가 아니라, 역시 의붓 여동생이라서 그런 걸까?

—이 감정이 정말로 연애감정인가, 아닌가.

그날, 그녀에게 물어본 말에 대한 대답은, 아직 확실하게 나오지 않았다.

이런저런 생각을 하는 사이, 아야세 양은 손을 자기 옷주머니에 넣어 버렸다.

“왜?”

"아, 아냐."

지금 내 생각을 말할 수는 없으니까, 나는 변명거리를 찾아 그녀의 모습을 눈치 못 채도록 자연스럽게 관찰했다— 그러고 보니.

"겨울옷……."

"어?"

"그게, 처음 만났을 때는 여름옷이었잖아. 겨울옷은 신선하다 싶어서."

"이상해?"

"아니, 그게. ……잘 어울려."

아야세 양이 살짝 물러섰다. 고개를 앞으로 돌렸다.

"칭찬해도 아무것도 안 나와."

"그냥 솔직한 감상이야."

"흐응……. 그런 부분이 아사무라 군이지……."

무슨 뜻일까?

"내일 방과 후, 기대되네."

"그렇네."

그대로 대화가 사라지고, 서로 자택 맨션까지 입을 다문 채 걸었다.

거리를 두고서 띄엄띄엄 서 있는 가로등 불빛의 고리를 통과할 때마다, 아야세 양의 단정한 얼굴이 희미하게 떠올랐다. 나는 등을 쭉 펴고 앞을 보는 그녀의 옆모습을 훔쳐

보았다.

예쁘다, 라고 생각한다.

대화가 없어도 신경 쓰이지 않았다.

알바를 하고 집으로 돌아오는 이 짧고 사소한 시간을, 아주 행복하다고 느꼈다.

# ●10월 19일 (월요일) 아야세 사키

월요일 오전 0시를 넘긴 시간이었다.

깨닫고 보니 생각에 잠겨 있었다. 문화제 때 했던 약속이라고 하기도 어려운 약속에 대해서.

둘이서 어딘가 외출하자. 그렇게 분명히 정했다.

그때부터 계속 나는 어디에 갈까, 어떻게 권유하면 좋을까, 가서 뭘 하면 좋을까 생각하고 있다.

하지만 아사무라 군은 그런 약속 같은 건 완전히 잊은 것처럼 평범하게 나를 대하니까, 이렇게 불안해지는 것이다.

어쩐지 나만 너무 신경 쓰는 것 같고, 두근거리는 것 같아서…… 이렇게 침대에 누워서도 뭔가 꾸물꾸물하다. 아아, 정말 이래서는 또 수면부족이 될 거야.

벌써 요일이 바뀌어 월요일. 일어나면 학교에 가야 하는데.

이불을 머리 위까지 끌어올리고 눈을 꾹 감았다. 어서 잠들어 버리자. 그렇게 결심하자마자 귀에 희미한 착신음이 들렸다.

"으응, 정말……."

하는 수 없이 휴대전화를 보니 마아야의 LINE 통지였다.

"몇 시라고 생각하는 거야……."

투덜거리면서 나는 메시지를 열어 읽었다.

『잠이 안 와~』

너도니.

한숨을 쉬면서 짧게 답신을 했다.

『자라.』

『생각을 하다 보니까, 멈출 수가 없어! 지금 동영상을 봤는데, 이상한 말을 하는 사람이 있어서.』

『……뭔데?』

『확실하게 확인했습니다! 라고 했어. 이상하지 않아? 왜냐면, 확실(確實)하게 인지(認知)했으니까 확인(確認)이라고 하는 거잖아? 고대의 옛날이야. 말에서 떨어져서 낙마했어. 국어가 엉망이야~!』

아무래도 좋거든요.

『그런데 있지, 생각해봤어. 그러면 확실하게 인지했습니다, 라고 바꿔 말할 수 있을까? 라고. 그랬더니, 어쩐지 그건 그거대로 말이 이상한 것 같아서……. 확실하게 확인했습니다, 라고 말하고 싶어져!』

더욱이 아무래도 좋은 이야기였다.

『자라.』

『너무해~! 같이 생각해줘~!』

『애당초 왜 이런 시간까지 동영상을 보는데?』

무심코 물었더니, 이유를 적은 메시지를 우르르 보냈다.

애당초 마아야의 LINE은 언제나 길다. 어떻게 휴대전화로 이렇게 긴 문장을 칠 수 있는 건가 싶을 정도야.

요약하면 『보고 싶은 심야 애니메이션을 봤더니 눈이 뜨였다. 어쩔 수 없이 그대로 스트리밍 동영상도 봤더니, 더 눈이 뜨였다』라고 한다.

그렇다고 친구를 끌어들이지 마.

애당초, 요즘은 거의 대부분의 애니메이션을 스트리밍 서비스로 언제든지 볼 수 있다. 시간에 얽매일 필요 따위 없어졌단 말이야. 그렇게 역설한 건 마아야 자신이었잖아.

어째서 심야 애니메이션을 심야에 볼 필요가 있지?

『스트리밍 서비스도 쓰지만, 그건 그거고! 리얼타임으로도 보고 싶어! 지금, 이 순간에 전 세계의 사람들과 함께 이 애니메이션을 보고 동시에 감동하고 있다는 감각이 엄~청 좋거든!』

『다른 사람이 감동했는지 어땠는지는 모르잖아.』

『아~아~아~, 그~런~ 말을 하시는구나아, 사키노스케! 소생은 그대를 다시 봤소이다!』

사키노스케는 뭐야…….

누군데, 그건.

『……아, 손가락이 힘들어. 힘이 안 들어가.』

뭐 하는 거야…….

『아직 안 잘 거면, 통화 안 할래?』

그러니까 끌어들이지 마……. 하아. 이제 잘 생각이었는데. —그렇게 생각하면서, 나는 조금 물어보고 싶은 것이 있었다는 걸 떠올리고 『알았어』라고 보냈다. 보낸 순간에 이미 벨소리가 울렸다. 빨라. 통화 버튼에 손 올려두고 있었나 보다.

"알로하~, 사키."

"하와이로 이주했어?"

"시원해졌으니까 기분이라도 따뜻하게 만들까 해서."

"……끊을까?"

"아~앙. 시러시러! 놀아줘~! ……그리고 말이야."

"뭔데?"

목소리 톤을 갑자기 바꾸지 마. 깜작 놀랐네.

"사키, 너 뭔가, 나한테 하고 싶은 말 있는 거 아냐?"

"……뭐? 아니, 별로."

"정마알~? 사키는 기본적으로 마이페이스잖아. 평소에는 밤에 전화를 걸어도 거의 안 받아주는걸."

"윽."

"사키도 얘기하고 싶은 게 있으니까 OK해준 게 아닐까~ 싶어서."

"하아…… 쓸데없이 날카로워, 정말."

항복, 하고 한숨을 쉬었다.

자연스러운 형태로 화제를 유도할 생각이었는데, 은근 눈썰미가 좋은 친구에게는 그런 잔재주가 통하지 않나 보네.

"역시 있구나."

"그러니까, 음. 예를 들어서, 말이야. 마아야가, 만약 남자애랑 어딘가 외출하고 싶으면 말이야—."

"어디로?"

"그게. 음. 뭐, 장소는 일단 어디든지 좋은데, 어디를 가고 싶다고 생각하면."

"응. 네, 생각했습니다."

"어떻게 하면 이상하게 느껴지지 않고, 권유할 수 있어?"

"아사무라랑 어디 가?"

윽!

"아, 아사무라 군이라고는 한 마디도 안 했잖아."

"사키, 다른 사람이라면 그런 거 신경 안 쓰잖아. 어느 세계제일의 스나이퍼 씨가 업무연락을 하는 것처럼 쿨하게 전달하고 사무적으로 담담하게 수행하잖아."

"……마아야가 나를 어떻게 보는지 잘 알았어."

"사키가 어떻게 권유할지 신경 쓰는 사람은, 달리 없잖아."

그런 일은…….

"신쵸는 격침된 것 같으니까, 아무리 생각해도 아사무라야."

"마아야, 말해두지만. 예를 들어서, 예를 들어서 상대가 아사무라 군이라고 해도, 마아야가 상상하는 이유로 함께 외출하는 거 아냐."

"흐~응."

전에 없을 정도로 전혀 신용하지 않는다는 뜻이 전해지는 「흐~응」이었다.

휴대전화를 쥐고 있는 손에 무심코 힘이 들어가 버린다.

마아야가 수상쩍다는 기색으로 말했다.

"변명이 중요하겠네. 자연스러운 이유로 초대해야, 뭔가 다른 뜻이 있는 거 아닐까 하면서 경계하지 않을 테니까."

"없어. 다른 뜻."

"흐~응."

"그러니까—."

"없으면 더욱 그렇지. 거절당하는 건 싫지?"

"그거야, 뭐."

거절하면…… 그런 생각은 한 적도 없었다. 하지만, 그렇네. 나는 어째서 그 가능성을 생각하지 않았을까? 아사무라 군은 딱히 나랑 외출하고 싶지 않을 수도 있는데. 왜냐면 그 뒤로 아무 말도 안 하니까.

어쩌지? 만약 그렇다면—.

"예를 들어서 말인데. ……듣고 있어?"

"아, 응. 물론이지."

"여기 있는 나라사카 마아야라는 여자애는 내일 모레 생일을 맞이합니다."

"아, 축하해."

"가벼워! 빨라!"

"당일에 말해주는 편이 좋아?"

"딱히 상관없는데. 그래서, 있지? 『나라사카 마아야의 성탄제를 위해서』라는 명목으로, 함께 선물을 사러 가면 좋을 거라고 생각해."

"생일 파티? 그런 거 기획했어?"

"안 했어. 정확하게는, 안 했었어, 가 맞지. 사키의 핑계거리가 되기 위해서, 생일 파티를 열어주도록 하지요."

"너무 거창하지 않아?"

"안 거창해. 왜냐면, 손님은 사키랑 아사무라뿐이니까."

그건 이미 생일 『파티』라고 할 수 없지 않을까? 단순히 둘이서 마아야의 집에 놀러 가는 거랑 뭐가 다르지?

"그러니까 괜찮다니까. 긴장하지 않아도 되잖아. 그러면서 외출의 핑계로는 무리가 없어!"

그렇구나.

분명히 마아야라면 몇 번인가 집에 놀러 온 적이 있고, 그녀의 생일 파티라고 하면 아사무라 군에게도 문턱이 높지 않을 거야.

"하지만, 괜찮아?"

"뭐가?"

나랑 달리 마아야는 반의 인기인이다. 그야말로 생일 파티를 연다고 하면, 반 아이들은 물론이고 교내 전체에서 참가자가 모일 지도 모른다. 오히려 매년 생일 파티를 연다고 하면 더 납득이 된다.

그렇게 물어보니, 집에 모두를 초대할 수 없으니까 결과적으로 오는 걸 거절하는 사람이 생기는 게 싫다는 대답이 돌아왔다. 그럴 거면 안 하는 편이 좋다고. 그냥 친구가 많기만 한 게 아니라 배려까지 할 수 있구나. 얼마나 완벽한 거니.

“하지만 이번에는 수수하게 응원하고 있는 사키랑 아사무라의 연애를 뒷받침하는 거니까, 하고 싶다고 생각한 거지~.”

“그러니까 그런 거 아니라고.”

“그럼 이 다음에 아사무라한테도 초대 메시지를 보내둘게~. 아, 부르는 거 둘뿐이라는 건 비밀로 할게. 당일의 서프라이즈인 걸로!”

그 말을 듣고 시계를 확인하니 벌써 2시.

이불 밖에 드러난 어깨가 식어 있었다.

“아아, 이런 시간까지 얘기를 해버렸어…… 잠드는 게 늦어서, 내일 지각하면 어쩔 거야.”

“나는 세 시간 자면 전부 회복할 수 있으니까 괜찮아!”

“너무 짧지 않아?”

“걱정해주는 거야? 괜찮아! 토탈로 6시간, 제대로 자니까.”

그건 언제 잔 거야?

"그건 내가 조금…… 되도록 아사무라 군보다 빨리 일어나서, 몸가짐을 갖추고 싶은데."

"완벽한 모습만 보이지 말고 말이야. 조금 정도는 틈을 보여야 귀엽다고 해줄 걸~."

"그런 건—."

문화제 때 깨달았다. 나는 귀여움을 보이는 게 거북하다.

"뭐, 이해는 되지만……."

"오오! 제법 성장했는걸, 사킷페."

그러니까 그건 대체 누구야?

"남자애는, 그런 의외성을 좋아한다지."

"오호라. 누구한테 들은 걸까~. 아, 그렇지. 그러면 당일에도 집에 돌아가서 옷 갈아입고 와."

"일부러? 우리들뿐인데?"

"의외성이야, 의외성! 그러면 이틀 연속으로 데이트할 수 있잖아!"

그냥, 마아야의 생일 파티잖아. 아아, 정말.

"……이제 잘래."

"네~잉. 잘 자~."

잘 자라고 인사하고 통화를 마쳤다.

마아야는 놀리기만 해. 정말이지, 참.

하지만 「틈」이라. 그런 것도 귀엽다는 말을 들으려면 필요한 걸까……?

아니아니. 생각을 고치는 게 좋아, 아야세 사키. 그렇다고 일부러 약점을 보일 것 없어. 아냐아냐.

이불을 뒤집어쓰고 다시 잠을 청했다. 억지로 눈을 감았다.

—아니라고.

평범하게 늦잠 잤다.

게다가, 세면장으로 가려고 했더니 아사무라 군이랑 딱 마주쳐서 막 깨어난 모습을 보여주고 말았다.

창피해. 거울로 봤더니 머리도 삐쳐 있었어. 이렇게 창피한 일을 겪다니. 역시 나는 스스로 틈을 만드는 건 도저히 못하겠어.

마아야의 생일 파티에 대해서는, 그가 먼저 말을 꺼내줬다. 어쩔 거야? 라고 물어봐서. 머릿속으로 생각하고 있던 여러 가지 말이 전부 날아가 버렸다. 심장 소리가 들려버리지 않을까 걱정이 될 정도로 두근거렸다.

평정을 꾸미면서 대답했다.

"기왕 초대를 해줬으니 축하해줄 생각이야. 아사무라 군은?"

그렇게 되물었다. 그리고 이어서 자연스럽게 선물 이야기를…… 이라고 생각했는데, 아사무라 군이 먼저 그 말을 꺼냈다. 진짜로? 혹시 마음속을 읽는 거 아냐?

아사무라 군은 여자애한테 선물 같은 걸 한 적이 없다고 했다.

그렇구나. 없구나. 어째서 나는 조금 안도한 걸까? 뭐, 나도 엄마 말고는 선물 같은 거 한 적이 없지만.

마음속으로 주먹을 꾹 쥐었다. 말해야지.

"선물, 사러 갈래?"

어쩌면 목소리가 떨렸을지도 몰라.

아사무라 군이, 하지만, 하고 부정의 말을 했을 때는 누가 심장을 꽉 움켜쥔 것 같았다.

하지만, 달랐다. 아사무라 군은 가까운 곳에서 선물을 사면 학교의 누군가에게 발견되지 않을까를 신경 쓰고 있었다. 그건 나도 싫어. 그러니까 조금 멀리 나가서 선물을 사자고 아사무라 군이 제안했다.

살짝 고개를 끄덕였다.

"문화제 때 한 말, 기억해?"

조심조심 물어봤다. 어쩌면 상냥한 아사무라 군이니까, 정말로 그저 내 친구를 위해 선물을 고를 셈일지도 몰라.

하지만 돌아온 대답은—.

"물론이지."

기쁘다.

확실하게 확인해서, 다행이야.

서점 알바는 계속하고 있었다.

나는 다시 아사무라 군과 같은 날에 근무를 잡게 되었다.

오늘 근무는 세 명. 나랑 요미우리 선배가 계산대고, 아사무라 군은 매장에 나가서 『공간 비우기』를 한다.

손님의 줄이 끊어졌을 때, 매장에서 작업하고 있는 그를 나도 모르게 바라보고 있었다.

요미우리 선배가 그 시선을 지적하면서, 역시 우리 후배가 신경 쓰이는구나~ 하고 웃었다.

우연히 그런 거예요. 우연히.

"흐~응."

전혀 믿어주질 않았다.

계산대 앞에 사람이 없어서 한가하기 때문이겠지. 더욱 말을 걸었다.

"그러고 보니 핼러윈이 가깝네."

"31일이죠."

"그래. 10월의 말일. 핼러윈은 올 세인츠 데이— 만성절의 전야제니까."

"만…… 네?"

"만성절, 11월 1일이야. 모든 성자를 위해 기도하는 날. 모든 우자를 위한 날이 만우절, 4월 1일."

"아, 그래서 만우절."

"그래, 맞아. 에이프릴 풀이지. 하지만, 어째선지 11월 1일은 노벰버 세인트라고 안 한단 말이지. 아니면 그렇게도 말을 하나? 알고 있어?"

"아뇨, 몰라요."

"그래서, 핼러윈이라고 하면 이곳, 시부야 말인데."

화제가 휘릭휘릭 바뀌는 건 요미우리 선배와 이야기하다 보면 늘 있는 일이다. 그 템포를 따라잡는 게 고작일 때도 있다. 정말로 머리 회전이 빠르다. 뭐, 그 쿠도 준교수랑 빈번하게 대화를 하면 빨라질 법도 하다는 생각이 든다.

나는 요미우리 선배가 다니는 대학의 오픈 캠퍼스를 갔을 때를 떠올리고, 조금 기가 질렸다.

"시부야가 불야성으로 변하는 게 핼러윈이야."

"아아, 최근엔 마치 분장의 성지 같아졌죠."

시부야 센터 거리는, 매년 TV로 중계가 될 만큼 분장한 사람들로 떠들썩하다. 그야말로 서로 맞닿을 정도로 붐빈다.

"매년, 사람이 잔뜩 모여서 짜증날 것 같아요. 아무리 그래도 그 시기의 센터 거리에 다가가고 싶지는, 않네요."

"그런데 사키 양, 우리들은 짜증나지만 다가가야 하는 이유가 있어."

"네? 어째서인가요?"

"알바가 있지."

앗…….

그러고 보니 나도, 그리고 아사무라 군도 31일에 근무가 잡혀 있다. 요미우리 선배도 근무가 잡혀 있는 모양이네.

"기왕이면 분장이라도 하고 올래?"

요미우리 선배가 말했다.

나는 계산대 안인데도 고개를 붕붕 옆으로 저어 버렸다. 터무니없어.

"하지만, 고양이 귀 달거나 마녀의 모자를 쓰면 귀엽지 않을까?"

"귀엽……."

"아, 그거엔 흥미 있구나."

딱히 없다. —그렇게 대답하는 말조차 힘이 빠져 있는 걸 스스로도 알고 있었다.

"역시 아사무라 군을 의식하는 거라고 생각하는데 말이야."

선배가 그렇게 말하자, 내 얼굴이 뜨거워졌다.

그러자 아사무라 군이 매장에서 돌아왔다.

"그럼, 교대해서 내가 매장 정비네."

그 말만 하고, 나는 얼른 계산대에서 빠져 나와 버렸다— 이상하게 생각하진 않겠지?

그날, 집으로 돌아가는 길.

겨울이 연상되는 차가움에 나는 곱아드는 손을 비비면서 걷고 있었다.

옆에는 아사무라 군이 있고, 자전거를 밀고 있었다.

이럴 때 나라는 인간의 바닥이 얼마나 얕은지 알 수 있다. 어떤 대화를 하면 좋을지 떠오르질 않아. 아사무라 군이 기뻐해줄 법한 화제나, 글러먹은 여자라고 생각하지 않을 대화를 하는 법…… 그런 게, 전혀.

곱은 손에 숨을 불어넣어, 시간을 버는 게 고작이다.

겨울옷이 어울린다, 라고 말했다. ……배려해준 걸까.

주머니 안에 넣어버린 손을 가볍게 쥐었다. 이윽고 내가 짜낸 말은…….

"내일 방과 후, 기대되네."

고작 이거다. 울 것 같아.

하지만 아사무라 군은—.

"그렇네."

라고 말해주었다. 기대되는 게 나 혼자라면 창피하다고 생각했는데, 아사무라 군이 금방 동의해줘서.

옆에 있는 남자애의 얼굴을 살짝 보았다. 기쁘다.

차가운 주머니에 넣은 손을 살짝 벌렸다가 쥐었다. 재치 있는 화제를 찾는 건 어렵다고 생각했다.

둘이서 담담하게 걸었다. 하지만…… 지금은 이거면 되겠어.

집의 문을 열고 서로의 거리가 멀어지는 게 조금 아쉬웠다.

## ●10월 20일 (화요일) 아사무라 유우타

그 날은, 점심 넘어서부터 진정을 못하고 있었다.

오후의 첫 수업은 현대국어인데, 교과서를 낭독하는 반 아이의 목소리가 마치 이방의 언어인 듯 뇌에서 미끄러져 떨어졌다.

머리에 전혀 안 남는다. 아까부터 내가 오직 한 가지에 사고를 집중하고 있기 때문이겠지.

뭐냐 하면, 아야세 양과 쇼핑 데이트.

내가 고민하고 있는 것은, 어떻게 데이트를 성공시킬 것인가였다.

함께 있을 때 즐거웠으면 좋겠다고까지 말할 자신은 없지만, 하다못해 지루한 기분은 아니었으면 좋겠다.

"뭘 끙끙대느냐? 아사무라여."

고개를 들자, 앞자리에 앉아 있는 마루가 이쪽으로 몸을 돌리고 물었다.

"야, 마루. 지금 수업중이야."

그렇게 대답하자 기가 막힌 표정을 지었다.

"뭔 말을 하냐. 벌써 끝났어."

"어?"

황급히 주위를 둘러보자, 반 아이들은 이미 자리에서 일어나 이동을 시작하고 있었다. 그러고 보니 6교시 화학 수업은 특별 교실에서 실험이었지.

“정신이 딴 데 팔려 있구만. 걱정거리가 있으면 상담 정도는 해줄게. 도움이 될지는 모르지만.”

“그걸 맡겨두라고 안 하는 게 마루답구나.”

“나는 못하는 건 약속 안 한다.”

그렇기에 신용할 수 있다고도 할 수 있다. ……하지만.

“요전의 그거냐?”

“그런 게 아니고…….”

친구의 얼굴을 보니, 문득 이 녀석이 전에 했던 말을 떠올렸다.

“마루는 말이야. 호의를 가진 상대에게, 신경 쓰고 있다는 걸 상대가 볼 수 있도록 하는 것도 중요하다고 했었지?”

“했지…… 그래. 중요한 건 과정이니까. 결과만으로는 신용 못해.”

뭐야? 역시 그거냐, 라는 표정을 지었다. 아니야……라고 말은 못하지만, 아니거든. 아니, 아닌 건 아니지만.

그건 그렇고.

“결과만으로는 신용 못한다고?”

무슨 뜻이지?

“화장 같은 거에 흥미 없는 남자가 말이다. 화장해서 예뻐진 여자를 보고, 자신만을 위해서 열심히 노력했구나,

라고 정확하게 판단할 수 있을 것 같냐?"

"어, 음……."

"그게 가능한 녀석은 스스로도 화장을 열심히 하는 남자뿐이라고 생각하거든, 나는."

"아~, 분명 그렇네."

나는 어제의 아야세 양을 떠올렸다.

아슬아슬한 시간까지 늦잠을 잤을 때 삐친 머리칼을 봤기에, 평소 아야세 양의 무장이라는 단정한 모습이 얼마나 굉장한 건지 실감했었지.

"결과 따위, 결과에 지나지 않아. 야구도 마찬가지다."

"스포츠는 그러면 안 좋은 거 아냐?"

"시합 결과에 일희일비하지 말라는 거야. 결과에 안주하는 건, 나한테 10년은 이르다. 대전 상대가 해온 노력을 간파할 수 없으면 자신의 향상은 거기서 끝나. 나는 방심 안 해."

그렇군…… 스토익하네.

"그러니까, 상대가 해온 것의 과정을 볼 수 있도록 하고 있다는 거구나. 그래서, 그건 사귀는 여성에게도 마찬가지고."

"그런 거지. 더욱이 말하자면, 야구에서는 노력 따위 자랑할 생각 없지만, 좋아하는 상대라면 별개다. 레스토랑의 요리보다 맛있지는 않더라도, 여친의 수제 요리는 기쁜 법이잖아?"

아야세 양의 수제 요리는 외식보다 맛있단 말이지, 실제로.

"노력하고 있다, 가 어필로 이어지는 경우도 있다는 거지. 뭐, 나는 너한테 그렇게 하라고 말하진 않겠다만."

"……말이 모순되지 않아?"

"아사무라여, 너는 예외다."

나는 고개를 갸웃거렸다.

거기서 내가 예외 취급되는 이유를 모르겠어.

"뭐야. 정말로 자각이 없냐?"

"무슨 소리야?"

"너는, 알기 쉬워. 괜찮다."

나는 마루의 말에 한순간, 허를 찔려 말을 잃고 말았다. 알기 쉽다니…….

"그러니까 평범하게 행동해. 너라면 그걸로도 전달된다."

"어어어?"

"안심해라, 아사무라 유우타여. 너는 네가 생각하는 만큼 재주가 좋지 못해. 노력을 숨길 수 있을 정도의 재주가 말이다. 요령을 익혀서 도망치지 마. 전력으로 돌진하기만 하면 돼."

그걸 듣고, 안심할 수 있을 리가 없는데.

그게 뭐야…… 평범하게? 평범하게 행동…… 평범한 게 뭐였지?

"오히려 어쩌면 좋을지 모르게 됐는데?"

마루가 계속 웃고 있어서 특별교실로 이동하는 게 늦어

져 지각할 뻔했다.

방과 후, 옷을 갈아입으려고 한 번 귀가했다.

교복을 입고 있으면 눈에 띌 거라고 판단했다. 그리고, 그래서는 사이좋은 남녀의 데이트에 걸맞지 않을 거라는 정도의 분별은 나한테도 있었다.

자…… 옷을, 어떡한다.

결국 좋은 생각이 안 떠올랐다.

그리고, 데이트 상대와 같은 집에 살고 있다는 것은 뜻밖의 문제가 있다는 걸 새삼 깨달았다.

복장의 체크를 하러 세면장의 거울을 쓰는 게 어렵다.

몇 번이나 세면장과 내 방을 왕복하면, 이쪽이 허둥대는 게 전부 전달되어 버리니까—.

마루는 보여주라고 했지만 말이야. 무리라고.

그렇다고, 남자고교생의 방에 커다란 거울 따위 있을 리 없다.

고민한 끝에 의지한 것이, 현대를 살아가는 우리들의 만능 툴인 휴대전화의 셀카 기능이었다. 눈높이에 스마트폰을 고정하고 전신이 비치는 거리로 떨어지면 간이 거울로 둔갑한다.

"역시, 이건가?"

이게 딱 좋은 것 같다. 스스로 그렇게 생각하는 옷을 고르긴 했지만 그건 내가 평소 입는 옷과 큰 차이가 없었다. 평범하다. 검은 재킷에 밝은 그레이의 니트 스웨터. 그리고 검은 데님 팬츠.

나쁘지 않다, 라고 생각하지만. 역시 내 감각만 가지고는 제대로 판단하기가 어려워.

"……다른 애들도, 생각보다 많이 한다고 하니까."

내 정신이 아니라고 생각하면서도, 나는 그대로 스마트폰의 촬영기능으로 사진을 보존하여 신쵸에게 LINE으로 보냈다.

여동생의 의견을 들어보고 싶다고.

평소에는 절대 안 하는 일이란 자각은 있다. 다만 아야세 양이 촌스럽다고 생각하는 리스크와 천칭에 걸어보면, 알지도 못하는 여자중학생이 안쓰럽다고 생각하는 게 100배는 낫다.

……그런데, 그때 문득 깨달았다.

가만 생각해 보면 지금 신쵸는 부 활동 중일 거고, 여동생도 한가하지 않을 거야. 집을 나서는 시간까지 대답을 기대하는 건 무리일지도 모른다.

그런 것에도 머리가 돌아가지 않다니 얼마나 절박한 거지, 나는.

이렇게 생각했는데 금방 읽음 표시가 달렸다. 마침 부 활동 휴식 시간이었나 보다.

게다가 대답도 신속했다.

『여동생한테 곧장 답장이 왔어.』

이상한 땀이 흐르네.

이제 와서, 알지도 못하는 여자중학생에게 내 사진을 공유해 버린 사실이 부끄러워져서 몸이 뜨거워졌다.

떨리는 손가락으로 간신히 답신했다.

『뭐래?』

『평범, 하대.』

『어?』

『평범, 이라고 딱 한 마디 대답하더라.』

이런 메시지와 동시에 여동생과 대화한 LINE의 스크린샷을 보냈다.

그건 흥미가 너무 없어서 적당히 넘겨버린 것 아닐까……?

재미가 하나도 없는 복장, 이라는 걸까?

『미안, 휴식 끝이야.』

마지막으로 그 말만 남기고 신쵸의 답신이 끊어졌다.

나는 고맙다는 의미를 담아 스탬프를 보내고, 커다란 한숨을 쉬었다.

완전히 실수했어.

미묘한 평가만 돌아오니까, 점점 더 불안해지기만 하고 아무것도 개선할 여지가 없잖아. 어드바이스를 받을 시간이 없는데 남을 의지하려고 한 게 큰 실수였다.

"여동생, 이라. ……사이 너무 좋은 거 아냐?"

신쵸와 여동생의 LINE 화면 스크린샷을 보면서, 조용히 중얼거렸다.

이렇게 별 거 아닌 대화를 금방 할 수 있는 시점에서, 남매 사이가 상당히 좋은 편이라고 생각했다. 일반적인 남매 관계라는 걸 모르니까 이게 보통인지 아닌지는 모르지만.

그리고, 문득 생각했다.

만약 복장에 대한 의견을 듣고 싶다면서 다른 남자가 셀카 화상을 보내면, 나는 아야세 양에게 전송할까?

어쩐지 모르게, 안 할 것 같았다. 이런저런 핑계를 들어서 분명히 거절할 거야.

아야세 양 입에서, 다른 남자의 평가를 듣고 싶은 기분이 안 드니까.

신쵸도 분명 여동생을 대충 취급하는 게 아니라, 분명하게 사이가 좋고, 신뢰관계를 쌓고서, 딱히 그래도 된다고 생각하니까 가까운 남자의 사진을 여동생에게 보내는 것이다.

그러면서 딱히 싫은 기분이 안 드는 게, 사이좋은 오빠와 여동생의 모습이라면.

내 감정은, 역시 남매의 그것으로서는 이질적인 게 아닐까?

"이제 슬슬 나갈까?"

문 너머에서 말을 거는 목소리에 나는 사고를 중단했다.

아야세 양은, 준비가 끝난 모양이다.

“그래. 괜찮……은 것 같아.”

복장은 아직 자신이 없지만, 계속 시간을 끌 수는 없다. 이제 내려놓고 가는 수밖에 없어.

문을 열자, 다이닝의 소파에서 기다리던 아야세 양이 일어섰다.

그 모습을 보고, 나는 숨을 삼켰다.

역시 아야세 양이다.

와인레드의 니트 상의에 색의 차이가 선명한 모스그린의 아우터를 걸치고 있었다. 보색인데도 눈이 아프지 않은 건 그녀의 색 선정 센스가 좋아서겠지.

니트를 밀어 올리는 가슴에는 삼각형의 펜던트가 올라가 있었다.

아야세 양은 내 안에서는 교복을 제외하면 팬츠룩이 많은 인상이었다. 하지만 오늘은 스커트. 그것도 무릎 아래 15센티. 그렇기 때문일까? 얌전한 인상을 받았다.

평소에는 「무장」이라고 할 정도니까 아야세 양의 복장은 평범한 남자고교생이 다가가기 어려운 분위기를 풍기는 느낌이지만, 오늘 아야세 양은 그보다 조금 다가가기 쉬운 느낌을 받았다.

예쁘다, 뿐이 아니다. 귀엽다.

내 개인적인 감각일지도 모르지만.

"그럼, 가자."
"그래. ……잠깐만."
"뭔데?"
갑자기 불러 세우자, 아야세 양이 부츠에 발을 넣으려다가 중단하고 돌아봤다.
"뭐 잊은 거 있어?"
"그게 아니라. 집에서 시부야 역까지, 둘이 같이 행동해도 괜찮을까?"
"사복 차림으로 둘이서 행동, 이라. ……이 정도라면, 평범한 남매도 할 거고, 나는 신경 쓰지 않아도 될 것 같아."
"그것도 그렇네. 미안, 이상한 말을 했어."
"아니. 중요한 거잖아. 깨달아줘서 고마워."
판단이 어려운 부분은, 간격 조정을 하자―. 그렇게 말해준 아야세 양에게, 안심하는 기분이 된다.
……아아, 정말로. 이런 부분이, 너무나 좋다.
그렇게, 우리는 둘이 나란히 맨션을 나섰다.

시부야 역에서 전차를 기다리는 사이, 문득 나는 위화감을 느꼈다.
처음에는 내가 뭘 신경 쓰고 있는지도 알 수 없었지만…….
잠시 어쩐지 모르게 서로 시선을 주고 있을 때 깨달았다. 아야세 양의 얼굴, 그러니까 표정이다. 이 폭소를 참고 있을 때 같은 표정은 뭐지?

이쪽을 힐끔거리며 살피면서 입가가 씰룩거리는…… 것 같아. 설마 내 복장을 보고 웃는— 그런 성격은 아닐 거고.

내 복장 어디서 이상한 부분을 발견해 버렸다, 거나?

신경 쓰이지만 지적하면 상처를 줄지도 몰라서?

그래서 못 말한다.

그렇게 배려를 해주는 것은 아닐까?

의심하면 할수록, 있을 법한 것 같아.

나는 머리를 가볍게 흔들어 망상을 뇌에서 쫓아냈다. 정답이든 오답이든 어색해질 것 같아서, 물어보는 건 관뒀다.

하지만. 아무리 봐도 어쩐지 모르게 이상하단 말이지.

에잇. 신경 쓰면 지는 거야. 애당초 이렇게 빤히 아야세 양의 표정을 훔쳐보는 건 아무리 생각해도 실례잖아.

나는 의식을 아야세 양에게서 떼어내고, 전차에 탄 뒤부터는 되도록 시선을 향하지 않도록 조심했다.

20분쯤 지나 우리는 이케부쿠로 역에 도착했다.

홈에서 계단을 내려와 한 번 지하로 갔다가, 북쪽 개찰구를 통과했다.

동쪽 출입구에 있는 만남의 장소로 유명한 석상 옆을 지나, 계단을 올라가 지상으로 나서자 널찍한 도로가 나온다.

선샤인 길을 나아가자 아이스크림 가게나 크레이프 가게

에 카페, 신발 가게에 중고 옷가게에 어패럴 샵, 게임 센터에 영화관, 다종다양한 가게가 눈에 띄었다. 번화가의 이름에 부끄럽지 않을 만큼 충실하고, 사이좋은 상대와 시간을 보내는 것에는 안성맞춤이니까, 길 가는 사람도 친구나 연인 사이 등, 다수의 사람들이 함께 다니는 모습이 눈에 띄었다.

"어우……."

길가에서 부담스럽게 몸을 얽고서, 키스를 하고 있는 커플을 목격해 버려서 반사적으로 목소리가 나왔다.

그러자 옆에 있는 아야세 양이 팔꿈치로 가볍게 옆구리를 찔렀다.

"빤히 쳐다보면 실례야."

"미안. 생각보다 먼저, 목소리가 나와서. 경솔했어."

"마음은 이해해. ……저런 거, 갑자기 보게 되면 깜짝 놀라지."

쓴웃음을 나누면서, 우리는 어색한 감정을 교환했다.

인간의 감정이라는 건 신기하다고 생각한다. 다른 사람이 어디서 뭘 하든지 그 사람 마음이고, 제3자의 시선으로 그 행동이 좋고 나쁘고를 이러쿵저러쿵 말하면 안 된다, 라는 것이 나의 기본적인 사고방식이다. 그런데도 막상 갑자기 눈앞에서 키스를 보게 되면 어안이 벙벙해진다.

앙케트에서 「당신은 커플이 사람들 앞에서 키스하는 걸

어떻게 생각하나요?」라고 물어보면 틀림없이 「딱히 아무 생각도 안 한다」라고 대답하는데, 어째선지 지금 이 순간 나의 뇌는 순식간에 이상한 광경을 봤다고 판단해 버렸다.

아마 전자는 내가 이성으로 긍정하는 감성이고, 후자는 본능에 새겨진 감성이라고 생각한다. 지금까지의 경험이나 지식을 기반으로 덧칠된 이성에 따른 가치관이, 갑작스럽게 뇌세포에 버그를 발생시키는 뭔가에 직면하면 곧장 벗겨져 버리고 그 안쪽을 엿볼 수 있게 되는 걸지도 몰라.

"아야세 양은, 하고 싶다고 생각해? 저런 거."

"아무래도 아니지. 만약 하고 싶다고 하면, 조금 그럴 것 같아."

"동감이야. 간격 조정을 할 것도 없었겠다……."

"꼭 그렇진 않아. 중요한 거니까."

남들 앞에서 키스는, 하고 싶은 일에 포함되지 않는다. 해도 되는 일에도 포함되지 않는다.

실제로 남매가 그런 짓을 하면 명백하게 커다란 문제가 되니까 생각할 것도 없는 일이지만, 사소한 것이라도 언어화 하는 건 중요하다.

그런 커플들의 광경에 압도되면서 아야세 양과 함께 안쪽으로 나아가자, 큰 길을 살짝 벗어난 곳으로 나왔다.

그러자 커다란 파란 간판이 걸린 건물이 보였다. 선샤인 길의 한복판에 뒤지지 않을 정도로 성황이고, 그 건물의 입구는 수많은 사람으로 붐비고 있었다.

"어라? 여기는……."

"애니메이션 상품 전문점. 꽤 유명하고, 상품도 많다고 해."

알고 있다. 같은 계열의 가게가 시부야에도 있고, 전에 마루를 따라서 간 적이 있으니까.

아야세 양의 재촉에 따라 여기까지 와버렸는데, 그제야 나는 드디어 우리가 뭘 목적으로 외출했는지를 떠올렸다.

"저기 말이야, 아야세 양."

응? 하는 표정으로 나를 보았다.

"나라사카 양의 선물을 사러 온 거지?"

"그렇지."

"여기서 사는 거야?"

여자 고등학생의 생일 선물을 사는 장소와 가장 거리가 먼 장소에 와버린 것 같은데.

"걔, 이런 거 좋아하거든."

가게 앞에 붙어 있는 애니메이션 캐릭터를 가리키면서 말했다.

나는 깜짝 놀랐다.

나도 라노벨을 읽을 정도니까 오타쿠적 취향에 편견은 없다. 굿즈를 사 모으는 타입이 아닌 것뿐이지, 아마도 남들 보기에는 책을 사 모으는 나도 비슷하게 보일지 모른다. 아니, 내 이야기는 아무래도 좋지만.

설마 그 인싸이며 반의 중심에 있을 법한 여자애가 애니메이션을 좋아하다니— 와 같은 편견은 딱히 없다. 그저 단순하게, 지금까지 대화하면서 그런 기색을 전혀 보이지 않았기에 뜻밖이었다.

"그게, 마아야의 집은 동생이 있다고 했었잖아."

"그러고 보니, 응."

"동생이랑 같이 스트리밍 사이트에서 애니메이션도 자주 봐서, 이것저것 아는 모양이야. 집안일을 하면서 보기에도 딱 좋다고 전에 그랬어."

"동생의 영향이었구나."

"지금은 누구의 영향이라기보다, 완전히 자기가 빠져 버린 것 같아."

그렇기에, 좋아하는 애니메이션 굿즈라도 사주면 기뻐하지 않을까 하는 것이 아야세 양의 제안이었다.

수많은 손님이 모여 있는 입구를 간신히 통과해서, 가게 안으로 들어갔다.

"가게가 넓어……. 어디를 보면 좋을까."

"적당히 돌아보면서 정하는 게 좋지 않을까? 뭐가 어디에 있는지도 잘 모르고. 나라사카 양의 취미도 잘 모르니까."

"괜찮아. 그건 맡겨둬."

우리는 선물이 될 법한 굿즈를 찾아 가게 안을 헤엄치듯 나아갔다.

그리고 마루를 따라 돌아다니기만 했을 때는 깨닫지 못한 현대의 굿즈 사정을 알게 됐다.

여성용으로 보이는 매장에는 내가 막연하게 상상하던 『THE 애니메이션 굿즈』 같은 것들만 있는 게 아니고, 캐릭터가 소속된 학생 기숙사의 기숙사 문장을 모티브로 한 키홀더나 수첩 등도 있었다.

구석에 자연스럽게 디자인된 모티브가 새겨져 있는 느낌이니까, 언뜻 봐서는 점잖은 소도구로 보인다.

"이건 꽤 평범하게……."

"응. 멋지네."

"아야세 양도 그렇게 보이는구나."

"이쪽은—."

말하면서 아야세 양이 가리킨 옆 선반에는 우리가 어린아이 무렵부터 익숙한 캐릭터가 데포르메된 봉제인형이나 키홀더도 팔고 있었다.

"—평소에 쓰기는 조금 힘들어 보이지만."

"그렇네."

그러니까 다시 말해서 이건 상품 전개의 폭이 넓어졌다는 것이다. 그리고 보니, 언제인가 마루가 말한 적이 있다. 계속 확대되는 오타쿠 시장이 오타쿠의 일반화와 상품의 다양화를 불러 일으켰다, 였던가?

그렇지만 오타쿠 취미와 세련된 취향을 양립시킨다는 감

각은 없었으니까, 나는 가볍게 놀랐다.

그때 퍼뜩 주위를 둘러보니, 가게에 온 손님들도 내 눈으로 보기에는 평범하게 잘 꾸민 깔끔한 차림이라는 것을 깨달았다.

남녀비도 반반……은커녕, 여성이 더 많았다.

그러고 보니 전에 아야세 양이 정리를 한 것도 아닌데도 내 눈썹의 형태가 예뻐서 부럽다고 한 적이 있었지…….
가만 보니 분명히 여자애들뿐 아니라, 남녀 모두 예쁜 형태의 눈썹이 많다. 유전자가 극적으로 변화한 것이 아니라면 스스로 정돈을 했으리라.

그런가. 그래서 아야세 양도 내가 손질을 하는 거라고 자연스럽게 생각해 버린 거구나. 외모에 신경을 쓰는 타입의 오타쿠도 늘어나고 있다고 마루가 말한 적이 있었는데, 이 정도까지였나.

"마아야 정도로 사교적이면서 당당하면, 오히려 어느 쪽이든 괜찮겠지만."

"그건 그렇네……."

나라사카 양이라면 뭘 들고 다녀도 『나라사카 양이니까』로 통할 것 같아서 두렵다.

그렇지만 이제부터 고르는 건 선물이니까, 역시 주는 사람으로서는 상대의 웃음을 보고 싶단 말이지.

옆에 있는 아야세 양의 의견을 들으면서, 나라사카 양이 최근에 빠졌다는 애니메이션(어린이용인지, 나는 그 타이틀을 몰랐다)의 머그컵을 하나 구입하게 됐다. 애니메이션 관련 상품이라는 것은 컵에 그려진 엠블럼이 없다면 알 수 없는 물건이다.

가족이 많다면 식기류가 늘어도 난처하지 않을 거고, 동생들이 애니메이션을 봤다면 나라사카 양 본인이 사용하지 않아도 동생들이 쓸 수도 있다.

"후우. 고마워, 아야세 양, 참고가 됐어."

"그래? 그러면 다행이야."

포장된 선물을 넣은 종이봉투를 손에 들고, 우리는 가게를 나섰다.

일몰 시각인 오후 5시를 이미 넘겼다. 주변이 완전히 어두워졌다.

"그러고 보니, 아야세 양은 뭐 안 샀는데, 괜찮아?"

"생각을 조금 바꿨어. 내일 역 앞에 가서 사려고."

그렇게 대답했지만, 뭘 살 건지는 가르쳐주지 않았다.

전차에서 흔들리며 돌아가는 길.

결국, 데이트다운 일은 별로 없었다고 돌이켜 보았다.

둘이서 별 것 아닌 대화를 하며 가게를 돌아보는 건 즐거웠지만, 손을 잡은 것도 아니었다. 목적지도 남녀가 즐기는 데이트 장소인가 하면, 굳이 따져보면 마루랑 올 법한 가게였다.

그러고 보니 게임 센터나 어패럴 샵은 얼마든지 있었는데, 아야세 양이 흥미를 보이지 않아서 안 들어갔지. 데이트의 정석인 장소인데.

그리고 나라사카 양의 선물을 산 뒤에 거의 곧장 돌아가게 됐다.

염원하던 『둘이서 외출』이었을 텐데 뭔가 부족함이 느껴진다. 지금 생각하면 패스트푸드점이라도 들러서 한숨 돌리고 돌아가는 것도 좋았을 거야. 뭐— 집에 도착하면 금방 저녁 식사니까 먹는 걸 참은 것도 있지만.

게다가 아야세 양은 시종 미소를 짓고 있었지만, 역시 뭔가 어색한 느낌이 났다. 그 이유를 나는 도무지 알 수가 없었다. 막연한 위화감뿐이니까 말로 표현할 수는 없었다. 위화감의 정체만 알면 간격 조정도 할 수 있겠지만. 이건 대체 뭘까? 정말 너무 신경 쓰여…….

흔들리는 전차 안에서 내 마음도 마찬가지로 덜컹덜컹 흔들린다. 노선 옆 가로등의 수를 헤아리는 사이에 도저히 억누를 수가 없게 되어, 다 내려놓고 물어보기로 했다.

무난한 이야기를 조금 한 다음에, 결심하고 입을 열었다.

"내 옷, 어디 이상해?"

"어, 전혀 안 그런데. 왜?"

놀란 표정을 짓는 걸 보고, 그렇지는 않았구나 해서 안심했다— 그 정도로 나는 스스로를 신용하지 않았다.

"나는 말이야. 복장이나 머리 모양 같은 데선 아야세 양과 비교해서 고집하는 게 없으니까. ……패션에는 자신이 없거든."

그만 본심을 드러내 버렸다.

"아사무라 군다워서 좋다고 생각했는데."

"응. 고마워. 하지만—."

그녀가 그렇게 말해줄 거라는 건 어쩐지 모르게 상상하고 있었다.

"아야세 양의 모습은, 굉장히 잘 꾸몄다는, 말을 듣는 걸 의식하고 있잖아."

"그렇지."

"그리고 숙고한 끝에, 그게 자기가 지금 생각하는 최고의 차림이라고 생각한 거겠지, 아마도."

"그렇지."

"나도, 참 잘 어울린다고 생각해."

그렇게 말한 순간, 아야세 양의 표정이 무너졌다. 어, 하고 소리까지 낸 것 같은데.

"……고마워."

감사 인사까지 해버리고 어쩐지 어색했던 미소가 점점 더 굳어진 것 같지만, 그때는 솔직히 나도 좀 벅차서 아야세 양의 표정 변화를 관찰할 때가 아니었다.

"그래도, 나는 나에게 어울리는 차림이라는 걸 잘 모르겠어. 나한테는 지식도 없고. 자신감도 없으니까, 나답지 않다고 해도 잘 모르겠어서."

"어어~. ……그러니까 아사무라 군은, 『세상에서 보기에 멋진』 패션이라는 걸 해보고 싶은 거야? 딱히 그런 이미지는 없었는데."

"배워둬서 손해 볼 건 없다고 생각해. 좋아하게 될지 아닐지는 별개로 치고. 포멀하다는 건 그런 게 아닐까?"

"아아…… 그렇구나. 그렇게 들으면, 아사무라 군다운 생각일지도 몰라."

단순하게 자신감이 없는 것뿐이라고, 생각하는데.

"지식으로서 데이트 포멀……한 복장에 대해서는 알고 싶지만, 자신의 판단 기준에 자신이 없다는 걸로 생각하면 될까?"

역시 아야세 양. 이해가 빠르다.

"그래."

"으음~."

아야세 양이 고개를 숙이고 뭔가 생각하기 시작했다.

전차가 한 역을 통과할 정도의 시간을 생각한 다음에 고개를 들었다.

"돌아가면서 또 한 곳, 들렀다 가자."

"어, 지금부터?"

"내가 생각하는 잘 꾸민 옷이라도 괜찮다면, 골라줄게."

그 생각은 못했네.

그런가. 그녀의 초이스라면 신용할 수 있을 거고, 무엇보다 이건 혹시 상대의 취향까지 자연스럽게 알아버리는 예상 이상으로 고마운 전개 아닐까?

"잘 부탁드립니다."

"기대는 하지 마. 내 취향으로 고르는 것뿐이니까."

오히려 그게 더 고맙다.

"그래서, 어디에 가?"

"다이칸야마라면 집에서 가까우니까 좋지 않을까?"

"그렇네. ……하지만 미안. 더 빨리 말을 했으면, 이케부쿠로에도 얼마든지 가게가 있었는데."

내가 미안해져서 말하자, 아야세 양이 키득 웃었다.

"괜찮아, 신경 쓰지 마. 타이밍이 조금 어긋나버리는 거, 우리들답잖아."

"아하하. 그렇게 말해주면 마음이 편하지."

그리하여, 우리는 시부야 역에서 갈아타고 다이칸야마에 가봤다.

아야세 양의 안내를 받아 걷는다.

아직 가게가 다들 불이 켜져 있다. 커다란 쇼윈도에서 흘러나오는 빛이 아스팔트길을 비추어 밝았다. 우리는 역에서 제법 가까운 거리에 있던 한 멘즈 패션 가게에 들어갔다.

들어가자마자 여기는 슈퍼나 편의점하고는 다르다는 걸 통감했다. 장바구니를 찾아봤지만 보이지 않는다. 두리번거리면서 시선을 흔들고 있는데, 소리도 없이 여성 점원이 스르르 다가왔다.

"도와드릴까요?"

"아, 아뇨."

"조금 본 다음에 부탁 드려요."

자연스럽게 내 뒤에서 모습을 드러낸 아야세 양이 끼어들었다. 점원이 미소를 짓고, 아야세 양과 나를 등분으로 보더니 고개를 숙였다.

"알겠습니다. 그러면, 상담할 일이 있으면 사양 말고 불러주세요."

그리고, 또 스르르 소리도 없이 멀어졌다.

"놀래라……."

"아사무라 군 혼자라고 생각한 걸까?"

어딘가 살짝 화가 난 어조로 말하는 아야세 양.

그건 다시 말해서 나랑 아야세 양의 차림새를 보고 일행으로 보이지 않았다는 걸까?

들어올 때부터 슬금슬금 느끼고 있던 나랑 안 어울리는 분위기에 식은땀이 흘렀다. 내가 제멋대로 압박을 느끼는 것뿐이라고 머리는 알고 있지만 어쩔 수가 없다.

한편으로 아야세 양은 당당했다. 안방을 누비는 것처럼 내 앞에서 걸어갔다.

“여기, 자주 와?”

“에이, 설마.”

“설마라니…….”

“그야, 여기는 남성용 옷밖에 없잖아?”

그도 그렇네.

“물론, 굳이 남자 옷을 입는 코디도 괜찮다고 생각은 해. 하지만 아사무라 군은 내게 그런 패션이 어울릴 거라고 생각해?”

그 물음을 듣고, 생각해 봤다.

어젯밤 나는 자기 전에 사온 패션 잡지를 읽어봤다. 그렇지만 참고서로는 영 부족하다고 느껴져 인터넷을 검색해서 조사해봤는데, 「멘즈」, 「코디」로 검색을 하자 여성 모델 사진이 나왔다. 신기하게 생각하여 사이트 설명을 읽어보니 『여성용 멘즈라이크 코디』라는 장르였다.

남장이 아니라 어디까지나 여성의 패션으로서 남자 옷의 코디를 하는 거니까 낙낙한 옷을 입고 있는 것이 많았는데, 개중에는 양복이나 재킷 차림인 것도 있었지.

그때 봤던 부류의 옷을 입는다면…….

밝은 미디엄 컷의 아야세 양이, 어깨를 강조한…… 그래, 저런 느낌의……. 나는 가게의 마네킹이 입고 있는 검은 재킷 차림에 굵직한 남성용 벨트를 두른 아야세 양을 상상해봤다.

게임의 아바타에 과금으로 스킨을 입히는 느낌일까? 패션에는 어둡지만 눈앞에 아마도 점원이 기합을 넣어 코디를 했을 실물과 진짜 아야세 양이 있으니까 그려보는 건 간단했다.

상상 속의 아야세 양이 옷 갈아입기를 완료했다.

검은 재킷을 두르고 등을 쭉 뻗어 모델처럼 선 아야세 양이 포즈를 취한다.

"멋있을 것 같아."

고양이를 밟았을 때 같은 소리가 들려서, 숙이고 있던 고개를 퍼뜩 들었다. 아야세 양이 삭 고개를 돌렸다.

"아, 안 입어."

"어? 아아, 뭐 그렇겠지. 그런 차림은 안 할 거라고 생각해. 하지만, 어울릴까 아닐까라면, 어울리지 않을까? 저런 거—."

눈앞에 있는 참고 삼은 검은 재킷 차림의 마네킹을 가리키며 말했다.

"아야세 양이라면, 저런 옷도 소화를 할 것 같은데. 어, 왜?"

그녀는 훌훌 내 앞에서 양손을 휘둘렀다.

"됐어. 됐으니까, 지금은 아사무라 군의 옷을 고르는 거지, 내 코디는 아무래도 좋아!"

"그랬지. 그래서, 아야세 양으로서는 어느 걸 추천해?"

나는 당초의 목적을 떠올렸다.

"하아, 정말이지……. 그러니까, 그렇네."

매달려 있는 옷을 집어서 옷걸이에 건 채로 눈앞에 들어 보고, 나랑 옷을 교대로 보면서 비교한다. 그리고 뒤로 돌게 하더니 옷을 대어보고 어깨 폭이나 기장을 본다.

"응~. 아사무라 군. 이쪽, 이쪽."

"어, 아아…… 여기는 이제 됐어?"

"벌써 봤어."

"그, 그렇구나."

지금, 한 벌뿐이었는데?

그 뒤로도 아야세 양은 나랑 같이 가게 안을 빙글빙글 돌아보며, 몇 군데에서 멈추더니 한두 벌의 옷을 집어서 내 몸에 맞추어 체크하기를 반복했다.

코디네이트를 보기 위해서일까? 겉옷을 들려주고 몸 앞에 매달아두고서, 가슴께나 상의를 대어보기도 했다.

옷을 든 아야세 양의 주먹이 내 가슴에 닿아서 간질간질하다.

"움직이지 마."

"미안해."

"으응? 아닌가. 이건 아냐. 아, 그대로 움직이지 마."

"앗, 넵."

나는 아야세 양의 명령에 따라 마네킹이 되었다. 지나가는 손님들이 나랑 아야세 양을 보고, 어쩐지 웃고 있는 것 같다. 아야세 양은 집중하느라 눈치 못 챈 것 같지만.

데이트 같다. 그렇게, 문득 생각했다.

이케부쿠로에서 쇼핑은 목적지도 그렇고 분위기도 그렇고, 머릿속에서 그리고 있던 전형적인 데이트와 달랐다. 그러나 이렇게, 닿을까 말까 한 거리에서 옷을 고르는 이 순간은 누가 봐도 데이트일 거라고 잘라 말할 수 있을 것 같았다.

……아니, 정말 그럴까?

신죠 남매의 관계가 머리를 스쳤다.

신죠네 집은 가족끼리 쇼핑을 가서, 오빠의 패션을 여동생이 체크하여 살 옷을 고른다고 했다.

다시 말해서 지금 나랑 아야세 양의 행동 그 자체다.

어디까지나 진짜 남매라도 하는 행위의 연장선상. 그렇게 지내기로 정했으니까 잘못된 건 전혀 없을 텐데, 목에 가시가 걸린 것 같은 위화감을 느꼈다.

특별히 사이가 좋은 남매로 만족할 것인가? 아니면, 그 이상의 관계를 바라게 되어버릴 것인가?

애당초 나는 아야세 양과 무엇을, 어디까지, 「하고 싶다」라고 바라는 걸까?

—얼마나 아야세 양에 대해서 열심히 생각하는 거지, 나는.

출구가 없는 사고의 미궁에 사로잡힌 나는, 몸의 열이 얼굴에 모이는 것을 자각했다. 가을도 끝자락인데 덥다니, 이 가게는 난방을 너무 세게 틀었어.

"응. 정했어."

그렇게 말하고, 아야세 양이 매달려 있던 옷을 두 벌 손에 집었다.

"나라면, 이걸로 할 거야."

"어어…… 이건?"

"지금 재킷도 좋을 것 같지만, 이쪽 테일러드도 잘 맞을 것 같아."

의문의 단어에 나는 당황했다.

"테일러…… 뭐?"

"몰라?『테일러드 재킷』이라는 종류의 겉옷이야."

"아아. 맞춤옷이란 의미의 테일러구나."

"그런 말은 알고 있구나."

"책에서 읽은 적 있어."

1870년대의 영국, 다시 말해서 빅토리아 왕조를 무대로 한, 양복점에서 일하는 여자아이를 다룬 소설을 본 적이 있었다. 그래서 어휘는 알고 있다.

아야세 양이 끌어안은 테일러드 재킷은, 색은 밝은 그레이고 옷깃이 약간 가는 타입이었다. 이른바 보통 양복의 재킷과 비교하면 어깨도 강조되지 않았고, 밝은 색이니까 상쾌한 인상을 준다.

"코디네이트가 곤란하지 않도록 무지로 했어."

"무지면 곤란하지 않은 거야?"

"무늬가 있으면, 그거에 맞춰야 하게 되잖아……. 아, 거기서부터 설명이 필요하구나."

"죄송합니다."

"그리고, 이건 안에 입는 거. 한겨울이 되면 이건 추울 거라고 생각하지만, 11월 정도까지는 이걸로도 될 거라고 생각해."

이거, 라고 말하면서 들어올린 다른 한쪽 팔에 걸고 있는 옷은 심플한 하얀 T셔츠였다. 이것도 무지라 무늬도 그림도 전혀 없다. 가슴 주머니도 눈에 띄지 않는 느낌으로 있는지 없는지도 모를 정도다. 재킷의 어깨가 내려가 있기 때문이겠지. 셔츠도 어깨가 차분하게 내려가는 실루엣이었다.

심플하지만 언제나 내가 입고 있는 셔츠의 두 배 가격이 붙어 있으니, 아마도 소재가 좋거나 디자인이 좋은 것이리라.

다만 그 차이를 내가 알 수 없는 것뿐…….

"팬츠는 지금 그거면 될 거라고 생각해. 이 이상은, 가격이 좀 너무 비싸지니까."

"고마워."

"응. 그러면, 한 번 입어봐. 그래서 아사무라 군이 마음에 들면.”

“알았어.”

나는 아야세 양에게 옷을 받고 대신 짐을 봐달라고 했다. 시착실에 들어가서 갈아입었다. 거울에 비추어 유심히 보았다.

어디가 어떻다고 내 어휘로는 표현할 수 없지만, 분명히 잘 어울리는 것 같았다. 자연스러운 느낌의 세련된 가을 옷. 어깨를 강조하지 않아서, 긴장한 느낌이 아니라 전체적으로 부드러운 인상으로 보인다. 재킷의 원단이 좋은 건지 바람을 잘 막아준다. 이거라면 이 계절에도 아슬아슬하게 버틸 수 있겠어.

다만 나로서는, 아직도 내가 입고 있는 옷과 큰 차이가 없는 것 같았다.

이거면 되는 건가?

단언할 수가 없어.

서투른 장르에 관해서, 인간은 작은 차이를 깨닫지 못하는 법이다.

분석 능력이 떨어진다고 할까?

아이들이 스마트폰을 게임, 음악이나 메신저, 학습 앱 등, 전혀 다른 용도로 쓰고 있어도 오래된 세대의 부모가 『스마트폰으로 놀지 말고』라고 한데 묶어버리는 것과 비슷하다.

좋아진 걸지도 모르지만, 내 눈에는 그렇게까지 차이가 안 보인다.

"어떨, 까?"

시착실에서 나와 아야세 양에게 보여줬다.

"응. 괜찮아."

"으음…… 이거면 충분해? 머리를 염색하거나 그러는 게 좋지는 않아?"

그만 걱정이 되어서 물어버렸다.

신쵸의 여동생이 내린, 보통, 이라는 평가를 뒤집으려면 이 정도로는 부족하지 않을까 생각해 버린다.

강렬하고 화려함이 필요한 게 아닐까?

그러자 아야세 양은 어린 아이를 타이르는 보육사처럼, 조금 기가 막힌 낌새를 품으면서도 상냥하게 한숨을 쉬었다.

"아사무라 군은, 누구한테 인정을 받으면 만족해?"

"어?"

"생판 알지도 못하는 누군가에게 좋다는 말을 듣고 싶다면, 내 센스로는 불안해지는 것도 이해해. 아사무라 군은, 그런 식으로 꾸미길 바라는 거야?"

"그런 건……."

"아니지?"

말을 뒤덮으며 말하고, 아야세 양이 미소를 지었다.

"그러면 믿어줘도 좋지 않을까? 내가 골라서, 내가 좋다고 말하는 거니까."

"그렇구나…… 분명히 그래. 미안, 내가 잘못 생각했어."

"응. 괜찮아. 자기가 남에게 어떻게 보이는지, 걱정이 되지. 이해해."

아마도 진심으로 공감해주는 아야세 양의 부드러운 표정에, 나는 퍼뜩 깨달았다.

내가, 얼마나 자기중심적인 사고에 사로잡혀 있었는지 자각한 것이다.

노력하고 있는 아야세 양 옆에 서기에 걸맞은 남자가 되고 싶다는 생각은, 파트너를 생각하는 배려 따위가 아니다.

자신이 비참해지는 게 싫다는 자기방어의 정신에 지나지 않으며, 판단 기준은 언제나 제3자인 누군가의 눈이었다.

신쵸의 여동생이라는 모습도 성격도 모르는 누군가의 의견에까지 감사하며 매달리려고 생각한 것도, 애당초 그 정도 거리감의 누군가에게 인정받고 싶다는 진심이 숨어 있었기 때문이다.

요미우리 선배가 말했었지.

『그건 그렇다 치고, 딱히 멋지게 변하지는 않아도 말이야. 신경 써준 걸 알 수 있으면 기쁠 거야.』

어디까지나 이 감상의 주체는 제3자가 아니라, 파트너 자신이다.

마루가 했던 말도 그렇다. 중요한 것은 잘 꾸미고 싶다는 자세를 보여주는 것이지, 정말로 잘 꾸미는 걸 실현할 수 있는가는 다음이다.

가까운 사람들이 대답을 제시해줬는데 이렇게 헤매고 말다니, 자신의 미숙함에 머리를 감싸 쥐고 싶어진다.

다른 누군가가 뭐라고 하든 상관없잖아. 아야세 양만 호감을 가져준다면, 나에게는 그게 최고의 패션이니까.

옷을 사서 가게를 나섰다.

역을 향해 걷고 있을 때 아야세 양이 말했다.

"아사무라 군. 돌아가면서 편의점 들러도 될까?"

"상관없는데."

"슈퍼가 더 싸고, 이것저것 사고 싶은 것도 있지만, 아무래도 너무 멀리 돌아갈 것 같아. 하지만, 겨자가 다 떨어졌으니까 사야 돼……."

"겨자?"

"오늘은 오뎅을 하려고 생각하거든."

"아아…… 요 며칠 추웠으니까."

"어제부터 머릿속이 완전히 국물 요리 모드였거든. 재료는 있고, 야채 중심이 되겠지만."

"건강에는 그게 더 좋지 않을까? 하지만 뭔가 더 살 거면 내가 들 테니까 사양하지 말고 말해."

"고마워. ……있지. 지금 나, 뭔가 이상한 말 했어?"

내가 아야세 양을 보면서 무심코 웃었기 때문이겠지.
“아니아니. 아, 미안.”
나는 사과하면서 급하게 말을 덧붙였다.
“나한테 패션이나 코디네이트 같은 건 다른 차원의 이야기거든. 지금까지 이세계에 있는 느낌이었어.”
“너무 거창하지 않아?”
“정말이야. 그런 느낌이었다니까. 하지만, 그런 상태에 있었는데 갑자기 평소와 같은 저녁 식사 이야기를 하니까 말이야. 한순간에 이세계에서 현대로 돌아와 버린 기분이 들어서.”
“여운이 사라졌어?”
“아니, 뭐. 오늘은 더 이상 이세계는 됐어. 얼른 돌아가서 따끈한 오뎅을 먹고 싶다. 솔직히 말하면 꽤 지쳤어.”
“수고했어. 그 옷, 입을 기회가 잔뜩 있으면 좋겠네.”
“그렇네. 기왕 아야세 양이 골라준 거니까. 되도록 많이 입어야지.”
문득 말하고 나서 깨달았다.
이건 잔뜩 데이트를 하자는 말이나 다름없는 거 아닐까?
내심 조바심이 났지만, 아야세 양은 이번에도 어색한 웃음을 지은 채 「그렇네」라고 자연스럽게 말했다. 내가 너무 신경 쓰는 걸까?
나랑 아야세 양의 첫 데이트는 이렇게 끝났다.

오후 7시 3분.

편의점에서 쇼핑을 마치고, 자택의 맨션으로.

밝은 현관 게이트를 통과해서, 엘리베이터를 타기 직전이었다.

"그런데 말이야. 나는, 어땠어?"

조용히 떨어진 말에, 나는 그것이 나에게 하는 질문이라고 처음에는 깨닫지 못했다.

"어……?"

"평소보다 대화하기 쉽다거나, 평소보다 괜찮은 느낌이었다거나, 뭔가 평소랑 다른 점은 깨달았어?"

멈춰선 나는 옆에 서 있는 소녀를 돌아보았다.

복도 천장에 들어온 흐릿한 LED의 빛에 아야세 양의 전신이 비쳤다.

위에서 순서대로 시선을 내려봤다.

복장은 처음에 봤을 때부터 변함이 없다. 니트 톱스에 모스그린의 겉옷. 쌀쌀해졌으니까 앞은 잘 여미고 있었다. 그렇다면, 가슴팍에 장식되어 있던 액세서리는 상관없다는 거겠지.

머리 모양도 평소랑 같고, 가르마를 바꾼 것도 아니고, 헤어밴드로 묶지도 않았다. 붙임머리를 한 것도 아니고. 그러니까 머리도 상관없다.

평소랑 다른 점.

어디지?

손톱인가? 향수인가? 둘 다 주의를 하긴 했다. 그러나 옅은 핑크의 네일은 잘 어울리지만, 아야세 양이 말하는 「평소보다 대화하기 쉽다」라는 조건에는 맞지 않는 것 같아.

향수는…… 아니, 잠깐. 아사무라, 여기서 다가가 냄새를 맡는다는 행위는 상당히 그런 사람이 되어버리는 거 아닐까? 프레그런스로 마음이 진정될 가능성은 있지만, 아야세 양의 성격을 생각하면 이쪽 선도 희박한 것 같아.

그리고, 그런 걸 짐작해 달라, 같은 말을 꺼내지 않는 게 아야세 양이라는 사람일 거다. 어떻게 된 거지?

평소랑 다른 점.

……아.

나는 데이트를 하면서 계속 신경 쓰인 것을 말했다.

"표정?"

"그래."

"웃음을 참고 있었지?"

"붙임성 있게 해봤는데."

둘이 동시에 그렇게 말한 다음 무심코 서로의 얼굴을 마주보았다.

뭐라고?

"나는, 내 복장이 그렇게 이상했나 싶어서 불안했었어. 뭔가 굉장히 무리를 해서 웃는 걸 참고 있는 걸까 했지. 그런 표정이라고 생각했는데."

나는 내가 느낀 걸 그대로 말했다.

이럴 때 섣불리 얼버무리면 악화된다. 머릿속에서 경고가 울렸다. 이건 위험하다고. 간격 조정을 안 하면 뭔가 커다란 오해가 생긴다. 짧긴 해도 아야세 양을 지금까지 봐서 그렇게 느꼈다.

"그건……. 나, 말했었지? 아사무라 군다워서 좋다고 생각한다고."

"미안. 나는 그 정도로 나를 믿을 수가 없어서."

"그런 식으로 보였구나……."

아야세 양의 어깨가 푹 내려가자 나는 참 미안한 마음이 들었다.

"평소보다 대화하기 쉽다거나, 평소보다 괜찮은 느낌이라거나, 그런 걸 노려본 건데에."

"아~, 미안."

"역시 붙임성 좋은 태도라는 건 어려워……. 서로 자기답지 않은 일을 한 거네."

그렇게 말하고, 아야세 양이 익숙한 표정으로 돌아왔다.

새까만 엘리베이터가 내려온다. 불이 들어오고, 문이 닫혔다.

아야세 양을 먼저 태우고, 짐을 들고 뒤따랐다. 버튼을 눌러 문이 닫히는 소리에 뒤섞여 나는 중얼거렸다.

"하지만— 태도 같은 건 그대로도 좋을 것 같아. 아야세 양다워서."

"어?"

왜냐면 아야세 양의 그 표정도 태도도, 그녀 스스로 쟁취해서 만들어온 거니까.

희미하게 흔들리면서 엘리베이터가 올라가기 시작했다.

그날 밤, 취침 전에 가볍게 수학 기출문제를 풀고 있는데 신쵸에게 LINE이 왔다.

내용은 아까 보냈던 메시지에 대한 보충 같은 것이었다.

『저녁 먹으면서 여동생이랑 얘기를 해봤는데, 네 패션에 대해 이러니저러니 해도 꽤 호평이었어. 내 친구들 중에는 괜히 멋을 부린답시고 이상한 복장이 되는 사람이 많은데, 안 그런 게 좋았대.』

아무래도 신쵸 여동생의 한 마디 감상은 대개 「이상해」나 「촌스러」가 되기 쉽고, 「평범해」라는 건 호평에 속하는 감상이었나 보다.

처음부터 그 기준을 가르쳐줬으면 꿀꿀한 마음을 품지 않았을 텐데. 쓴웃음을 지으면서도 고마워, 라는 답신을 하고 수학으로 돌아왔다.

헤매고, 멀리 돌아갔기에 얻을 수 있는 해답도 있다.

그런 거라고 생각한다.

## ●10월 20일 (화요일) 아야세 사키

아사무라 군과 외출하는 건 오늘 방과 후다.

그때를 생각하면, 나는 어쩌면 좋을지 알 수 없을 정도로 불안해졌다.

수업에 집중할 수가 없어.

안 그래도 점심시간 뒤의 정신 산만한 시간인데, 나는 칠판에 적힌 필기도 베끼지 않고 멍하니 생각에 잠겨 있었다.

남자애들이 좋아하는 태도를 만드는 법이나 남매 이상 연인 미만의 태도를 어떻게 해야 할까. 그런 것을 내가 신경 쓸 때가 올 줄은 상상도 못했어.

아니, 조금 다르네.

남자애, 가 아냐. 딱히 세상의 다른 남성은 아무래도 좋다. 어느 특정한 상대에게 미움 받고 싶지 않다고 생각해버린 것뿐이지. 여러모로 머릿속으로 생각을 하다 보니, 결과적으로 수업에 집중하지 못했다.

멍하니 5교시가 끝나고, 쉬는 시간이 된 참에 마아야가 교실 구석 자리에서 다가왔다.

"무슨 일 있어~?"

"어……? 아니, 딱히 아무것도 아닌데."

"거~짓말~. 수업 중에, 계~속 정신이 딴 데 팔려 있었잖아.”

“수업에 집중하렴.”

왜 그걸 알고 있는 거지? 내 얼굴을 보고 있을 때가 아니잖아. 그렇게 말하려다가, 그녀가 정기 시험에서 상위라는 걸 떠올렸다.

……화제를 바꾸자.

“마아야는 남들 호감을 사기 쉽다고 해야 할까, 인기가 있잖아. 여자들만 그런 게 아니고 남자들한테도. 뭔가 요령 같은 거 있어?”

“응? 흐흐~음. 잘은 모르겠지만, 붙임성이 좋다는 말은 듣네.”

“붙임성.”

어려운 말을 하는 것 같아…….

붙임성이라는 게, 대체 뭘까?

암담한 심정으로 하염없이 모색하고 있는데, 마아야가 바짝 다가와 속삭였다.

“사키도 생글생글 웃으면 아사무라의 하트를 확 잡을 수 있어!”

“그러니까 일일이 아사무라 군이랑 엮지 마.”

“아니야? 일부러 『남자들한테도』라고 덧붙였으니까, 분명히 의중의 남자에게 좋은 느낌을 주고 싶다고 생각하는 줄 알았는데.”

아니진 않지만.

"이상하게 캐지 마."

"흐~응."

전혀 믿지 않는 것이 잘 전해졌다. 예비종이 울리고, 나는 쫓아내려는 것처럼 손을 흔들어 마아야를 떼어냈다.

붙임성…… 붙임성이라. 생글생글?

서투르지만, 그걸로 아사무라 군이 기뻐한다면, 조금 해 볼까?

그런데 그게 예상 이상으로 어려운 일이었다.

방과 후가 되어, 한 번 귀가.

옷을 갈아입고 책상 위에 둔 둥근 거울 앞에서 표정을 여러모로 만들어봤다.

여기저기를 누르거나 당기거나 해봤다.

얼굴 근육이 전혀 단련되지 않았기 때문일 거야. 잠시 반복했더니 볼이 지치기 시작했다. 미소라……. 미소라는 건 어떤 표정이었지?

평소에 감정을 들키지 않도록 포커페이스를 유념하고 있어서 거울 속 자신의 얼굴이 온통 위화감투성이였다. 어째서 이러고 있는 걸까? 아니, 제정신을 차리면 지는 거야, 사키. 무엇에 지는 건지는 알 수 없지만…….

눈싸움을 계속하다가, 이 정도면 될까 싶은 미소를 만들어냈기에 이걸로 하자고 정했다.

좋아. 기합을 넣고 복도로 나가서, 아사무라 군의 방문을 가볍게 두드렸다.

"이제 슬슬 나갈까?"

말을 걸고 소파에 앉아 기다리자, 문이 열렸다.

일어서서 시선이 마주치려는 순간, 나는 무심코 눈길을 돌리고 말았다. 가슴이 두근거려. 그러고 보니 복장은 표정만큼 신경 쓰지 않았는데, 이걸로 괜찮았을까?

"그럼, 가자."

대답을 기다리지 않고 나는 현관으로 가버렸다.

목적지는 정해져 있었다.

이케부쿠로.

마아야가 그렇게 보여도 애니메이션이나 만화를 좋아한다는 걸 나는 알고 있었다. 본인한테 이것저것 들었고. 그리고, 좋아하는 굿즈가 나올 때마다 LINE으로 알려주는 건 대체 무슨 속셈일까? 나보고 사 달라고?

야마노테선을 타기 위해 시부야 역으로 향한다.

홈에서 전차를 기다리는 사이, 힐끔거리며 아사무라 군을 훔쳐보았다.

그레이색 니트 스웨터 위에 검은 코치 재킷을 걸치고 있었다. 평소의 아사무라 군이라는 느낌이다. 그 사람에게 어울리기만 해도 좋게 보이는 법이네.

어울린다는 건 중요해.

어라? 아니면 혹시, 내가, 아사무라 군이라면 뭐든지 좋게 보이는 것뿐일까? 뭐, 어느 쪽이든 상관없지.

아사무라 군의 자연스러운 꾸밈에 비해서, 나는 내가 상당히 화려하게 두르고 있다는 자각이 있었다.

피부의 노출은 적지만, 안쪽 옷의 컬러는 빨간색 계통에 아우터는 녹색 계통. 다시 말하자면 크리스마스 컬러니까, 색조를 잘못 맞추면 분명히 웃음거리가 되는 거다. 그만큼 잘 맞추면 눈에 잘 띄리라는 것도 알고 있었다.

평소보다 조금 차분하게 할 의도였다. 예쁘기보다 귀여움에 기울여보려 했는데, 이게 한계였다. 애당초 가지고 있는 옷에 이른바 여성스러운 면으로 기울어진 게 없으니까 어쩔 수 없어. 얌전한 패션이라는 것은, 나처럼 하고 싶은 말을 하고 싶지만 딱히 교섭이 능숙하지 않은 성격에는 적합하지 않으니까.

전차를 타고 가는 사이, 열심히 붙임성 있게 아사무라 군이랑 대화했다. 잘 하고 있는 걸까? 라고 생각하면서.

이케부쿠로에 도착하자, 지도 앱을 의지해서 미리 체크해둔 가게에 갔다. 이 거리에는 그다지 온 적이 없지만, 그래도 길을 잃지 않았으니 편리한 시대라고 생각한다.

사람들은 시부야와 거의 다를 바 없이 많다. 미묘하게

다른 점이라면, 시부야보다 조금만 우리 또래의 고교생이나 대학생이 눈에 띈다 싶은 정도. 다만 그것도 동쪽 출입구의 선샤인 길에 젊은이들을 대상으로 한 가게가 많기 때문이고, 주점이 많은 서쪽 출입구에는 어른도 잔뜩 있을 거야.

그건 그렇고 기분 탓일까? 특히 남녀의 조합…… 다시 말해서 커플로 보이는 모습이 많이 보이는 것 같은데.

아니면 내가, 그런 남녀 관계를 의식하게 된 탓에 민감해져서 눈에 띄는 것뿐일까?

"어우……."

옆에서 아사무라 군의 목소리가 들렸다.

이끌려서 그의 시선 끝을 본 나는, 무심코 아사무라 군과 같은 반응을 보일뻔했다.

길가에서 적나라하게 몸을 얽고서, 키스하는 커플이 있었다.

목소리를 내는 것은 어떻게든 억눌렀다.

내가 키스를 하고 있는 것도 아닌데 몸의 중심이 열을 띠게 된다. 무의식중에 내 머릿속에서, 커플의 얼굴이 나랑 아사무라 군의 얼굴로 바뀌어 떠올랐다. 무슨 생각을 하는 거야. 내 안의 냉정한 자신이 스스로에 대해 질색하고 있었다.

아사무라 군이 그 광경을 빤히 바라보고 있으면, 어째선지 내 생각도 훤히 보이는 게 아닐까 걱정이 되어서 무심코 그의 옆구리를 팔꿈치로 가볍게 찔렀다.

"빤히 쳐다보면 실례야."

"미안. 생각보다 먼저, 목소리가 나와서. 경솔했어."

사과를 해버렸다.

반쯤 쑥스러움을 숨기기 위한 행동이었는데 사과를 하게 만든 것이 미안해서, 나는 금방 커버하는 말을 덧붙였다.

"마음은 이해해. ……저런 거, 갑자기 보게 되면 깜짝 놀라지."

실제로, 그것도 진심이었다.

아사무라 군이 쓴웃음을 섞으며 동의해줘서, 조금 안도했다. 화가 난 건 아닌 것 같아 다행이었다.

그리고 둘이서 애니메이션 가게에 들어갔다.

선물은 전에 마아야에게 들은 애니메이션 관련 굿즈로 고를 생각이었다.

평소에도 쓸 수 있는 자연스러운 디자인이 좋을 거라고 생각해서, 그 방향으로 찾았다.

하나하나의 물건을 손에 집어, 마아야에게 맞을까, 아닐까— 그런 사소한 것을 둘이서 확인했다. 조금 어린애 같을까? 하지만 어울릴 것 같아. 아사무라 군이 마아야를 어떻게 보고 있는지도 알 수 있고, 그것이 나랑 같은 감상이었을 때는 묘하게 기뻐진다.

문득 돌이켜보니, 아사무라 군이랑 단둘이 전차를 타고 멀리 나와서 쇼핑을 즐기는 건 이게 처음이었다.

여름의 워터파크에 갔을 때는, 다들 함께였으니까.

단둘이라는 사실만으로 이렇게 긴장을 하거나, 가슴이 두근거리는 건 뭘까 생각했다.

아사무라 군이 선물을 사고 나서, 우리는 돌아가기로 했다.

나도 선물을 살까 생각했었는데, 여기서 사면 같이 쇼핑을 한 걸 스스로 말하는 거나 마찬가지다. 마아야는 우리가 남매라는 걸 알고 있으니까 신경 쓸 필요 없을지도 모르지만.

내일, 학교 가기 전에 시부야의 역 앞에 잠깐 나가서 사면 되겠지.

쇼핑 데이트를 마치고 돌아가는 전차 안에서 멍하니 여운에 잠겨 있는데, 아사무라 군이 뜻밖의 말을 했다.

"내 옷, 어디 이상해?"

전혀 예상 밖의 질문이라 나는 무척 놀랐다.

그리고 아사무라 군의 복장, 나는 전혀 나쁘다고 생각 안 했으니까.

지금 이대로도 좋은데 말이야.

고민 끝에 한 가지 생각을 떠올렸다.

"내가 생각하는 잘 꾸민 옷이라도 괜찮다면, 골라줄게."

돌아가는 길을 조금 변경해서 멘즈 패션의 가게에 들르

게 되었다.

내 생각은 이거다.

내가 생각하는「아사무라 군다운 꾸밈」을 형태로 만든다.

그걸 자신의 지금 복장과 비교해서, 그걸 시작으로 아사무라 군 자신이 새로운 코디를 생각해주면 된다. 다시 말해서「간격 조정」이다.

그것이 포멀한 데이트가 될지는 모르겠지만, 애당초 나 자신이 그것에 고집이 없으니까 그거면 된다. 오히려 아사무라 군답지 않게 되는 것이 나는 싫다.

……내 억지일까?

다이칸야마 역에서 가까운 멘즈 패션의 가게.

선두에 서서 돌진하는 나를 보고, 아사무라 군은 내가 이 가게에 자주 온다고 착각했다.

그럴 리 없다. 다만, 이런 종류의 브랜드 샵은 어디든 비슷한 구조니까 망설임이 없는 것뿐이다. 남성향 패션을 추구하는 사람이라면 다닐지 모르겠다. 나는 아니지만.

그런 말을 했더니, 아사무라 군이 마네킹을 가리키고 저런 게 어울릴 것 같다고 말했다. 그가 나를 어떻게 보고 있는지 문득 불안해졌다.

검은 가죽 재킷에 두꺼운 벨트라. 나는 누가 날 깔보는 게 싫지만, 그렇다고 두려움을 사고 싶은 게 아니거든?

"멋있을 것 같아."

그건 대체 무슨 말이야. 지금은 아사무라 군의 옷을 고르고 있으니까, 내 복장은 아무래도 좋은데. 정말로…… 무슨 말을 하는 건지.

얼굴이 뜨겁다. 여기는 난방이 너무 센 거 아닐까?

그렇게 여기저기 둘러보고, 아사무라 군의 몸에 옷을 맞추어 보았다. 옷 갈아 입히기 놀이 같아서 즐거워. 그리고 이렇게 옷을 골라주고 있으면, 부부가 쇼핑하러 오면 이런 느낌이 아닐까 상상하게 된다.

……잠깐. 그건 남매가, 겠지. 부부라는 건 너무 비약했어.

아사무라 군이랑 보내는 시간은 좋아하지만, 내가 너무 들떠 있는 것 같아서 조금 싫다. 좀 더 긴장을 해야지.

가게 안을 한 바퀴 돌아보고, 아사무라 군에 어울리는 재킷과 셔츠를 골랐다. 둘 다 처음에 눈독을 들인 조합이었다. 결국 퍼스트 임프레션은 뒤집지 못했다.

옷가게에 들렀다가 집으로 돌아간다.

완전히 어두워진 돌아가는 길 끝에 맨션 현관의 불빛이 보여서 안도했다. 그리고, 안도한 것을 깨닫고 스스로 놀랐다.

아아, 어느샌가 이 맨션이 나에게 집이 됐구나. 집의 문을 들어서면 데이트도 끝. 나는 또 의매생활로 돌아간다.

그러고 보니 나는 어땠을까 생각했다.

아사무라 군이 자기 패션을 신경 쓰는 것을 나는 눈치 못 챘으니까. 내가 붙임성 있게 하려고 한 것을 아사무라 군은 깨달아준 걸까?

“그런데 말이야. 나는, 어땠어?”

대답이 돌아올 때까지의 몇 초는 길었다. 그래서 「표정?」이라고 아사무라 군이 말했을 때 기뻤다.

해냈어!

—라고, 생각했는데.

“웃음을 참고 있었지?”

……어?

“뭔가 굉장히 무리를 해서 웃는 걸 참고 있는 걸까 했지. 그런 표정이라고 생각했는데.”

나는 그 말에 무릎이 무너질 것 같았다.

그게 뭐야.

“그런 식으로 보였구나…….”

아사무라 군이 기뻐해 줄까 해서 미소를 열심히 만들었는데, 전혀, 전해지지 않았어.

창피해.

생각하면 할수록 볼이 뜨거워진다. 구멍이 없어도 들어가고 싶다. 아니, 그냥 자폭해서 이 세상에서 존재를 없애 버리고 싶다. 자폭 버튼은 어디 있지? 창피함에 빨개진 얼굴을 보여주기 싫어서 나는 평소처럼 표정을 긴장시켰다.

무심이다. 무심. 나는 동요 같은 거 안 했어. 무심.

역시 인간은 스스로를 알기 어려운 법이다. 나는 하지도 못하는 표정을 무리해서 만들려고 했다. 나는 붙임성 있게 미소 짓는 걸 할 수가 없어.

감정을 표정에서 없애 버리자.

나답지 않은 일을 하고 있었어.

관두자. 어차피 아야세 사키는 평생 붙임성이 없는 시시한 여자야. 어쩔 수 없어.

"그대로도 좋을 것 같아—."

아사무라 군이 문 닫히는 소리에 맞추어 말했다.

"아야세 양다워서."

"어?"

나는 무심코 못 들은 척했다.

뭘까. 정말 사소한 한마디인데 가슴에 따스한 감정이 퍼진다.

그래서, 아사무라 군은 곤란하다.

오른쪽으로 왼쪽으로 흔들려서, 나의 이 감정이 갈 곳을 잃을 것 같다.

특별히 사이가 좋은 남매인지, 연인 사이인지.

나는, 어느 쪽 관계에 착지하기를 바라는 걸까?

그는, 어느 쪽 관계에 착지하기를 바라는 걸까?

그날, 우리는 이렇게 되고자 정했을 텐데, 마음속 깊은 곳에서 악마가 속삭인다.

—네가 바라는 관계는, 정말 그것뿐이야?

왜냐면 상냥한 말을 해줄 때마다, 어째선지 무심코 생각해 버리니까.

그의 볼에 닿고, 함부로 기쁜 말을 해주는 그 입을 혼내주고 싶다고.

물론 적의 같은 게 아니라.

닿고 싶다, 고. 그렇게 느껴 버린다.

아무도 보지 않는 닫힌 방에서, 그의 몸을 끌어안았던 그때처럼.

하지만 갑자기 그런 짓을 하면 놀랄 테니까, 대체 어느 타이밍이라면 용납되는지 알 수가 없어서 행동하지 못하는 자신이 있다.

오늘은 좋아하는 입욕제를 써야지.

좋아하는 향기에 휩싸여서, 조금이라도 이 소란스러운 마음이 진정되도록.

## ●10월 21일 (수요일) 아사무라 유우타

아침의 차가운 공기가 이불 틈으로 파고들어서, 눈을 뜬 나는 발바닥을 서로 비볐다.

이제부터 겨울을 향해 계속 추워지니까 일어나기가 힘들어진다.

이불의 온기가 아쉽지만, 덮는 이불을 걷어차고 억지로 일어났다.

거의 동시에 알람이 울렸다. 두드리듯 알람을 껐다.

"이겼다."

알람 시계랑 싸워도 의미가 없지만, 이렇게 작은 승리가 하루의 기분을 좌우하는 법…… 아니, 말이 지나친가.

오늘은 나라사카 양의 생일 파티다.

긴장감을 느끼는 한편, 등교 준비를 했다. 우리 말고 참석할 나라사카 양의 친구들과 잘 대화할 수 있을지 불안하다.

준비를 마치고 부엌으로 갔다.

이미 아야세 양은 식사를 마치고 집을 나서는 참이었다. 자기가 사용한 식기를 씻어서 물 빼는 통에 넣어뒀다.

"안녕? 오늘은 일찍 일어났네."

"역 앞에 들를 거니까."

내가 말을 걸자, 아야세 양이 말하고 가방을 잡았다.

그렇구나. 역 앞에서 나라사카 양에게 줄 선물을 산다고 했었지.

"다녀올게요, 새아버지."

"그래, 조심하렴, 사키."

"오빠도."

"다녀와, 아야세 양."

"응."

가볍게 고개를 끄덕여 답하고, 아야세 양이 집을 나섰다.

"아버지는 아직 괜찮아?"

"아아, 오늘은 느긋하게 나가도 괜찮아."

조금 한가해진 건가?

보온되어 있는 밥솥을 열자, 얼굴에 물씬 풍기는 김 너머로 하얀 밥과 노란 작은 알갱이가 보였다. 희미하게 달콤한 향이 코를 스쳤다.

"이거……."

"밤밥이야. 맛있게 잘 됐다. 사키는 밥 짓는 것도 잘하네."

그녀가 있었으면 밤을 섞어서 지었을 뿐이에요, 라고 겸손했었을 거야.

그렇지만 분명히 보기에도—.

"맛있어 보이네."

그릇에 담아 의자에 앉았다. 그밖에는…… 단무지랑 무절임, 그리고 매실 절임. 그리고 평소처럼 된장국. 오늘 건

더기는 큼직하게 썬 대파다.

눈앞에 앉아 있는 아버지는 밥그릇을 이미 비우고 있었다.

"아버지, 더 드실 거예요?"

"아아, 아니. 괜찮아. 이제 슬슬 나가야지."

"알겠어요."

밥 안의 밤은 엄지손가락 끝 정도의 크기로 잘려있었다. 시험 삼아 하나만 젓가락으로 집어 입안에 넣어봤다.

"앗, 뜨거!"

뜨끈뜨끈한 밤을 씹어 부수자, 부드럽게 무너지며 입안에 달콤한 맛이 퍼졌다. 가을의 맛이다.

"응! 맛있네."

"그렇지?"

"이건 과식하게 될지도 모르겠네."

아아, 그렇구나. 그래서 반찬이 조금 적었던 모양이다.

아버지가 회사로 출근하고, 나도 다 먹은 식기를 씻어 물이 빠지도록 세워뒀다. 결국 두 번이나 더 담아 먹었다. 조금 너무 느긋하게 먹은 걸지도 모른다.

아야세 양보다 꽤 늦은 시간에 집을 나서게 되어 버렸다. 그래도 자전거니까 아슬아슬하게 수업 시작 전에 도착할 수 있을 것이다. 자전거 핸들을 맨손으로 잡았다가 싸늘한 감촉에 무심코 손을 떼었다.

내쉬는 숨결이 하얗게 될 정도의 추위는 아니지만, 페달을 밟을 때 닿는 바람이 차가웠다.

이제 곧 본격적인 겨울이다.

예비종이 울리기 3분 전에 교실로 뛰어들어갔다.

방과 후가 되었다.

"그럼 간다, 아사무라."

마루가 짧게 말하고 부 활동을 하러 달려갔다.

자, 이제 나는 나라사카 양의 생일 파티으로 향한다.

『나는 따로 갈 테니까. 먼저 가도 돼.』

점심 무렵에 온 아야세 양의 메시지에 이렇게 적혀 있었다.

아야세 양도 사복……이군.

예전에는 어깨에 너무 힘이 들어갔겠지만, 지금은 다르다. 괜히 부담 가지지 말고 가슴을 펴고 가면 된다.

승강구에서 신발을 갈아 신을 때, 운동복 차림의 남자가 달려가는 게 보였다. 가방도 안 든 걸 보니 집에 가는 건 아닌 것 같다. 부 활동으로 달리기라도 하는 건가?

—저 등은 신쵸, 인가?

어라? 신쵸는 나라사카 양 주최의 생일 파티에 안 가는 건가? 분명히 올 거라고 생각했는데. 아니면, 연습을 마치고 합류하나? 그 정도로 열심히 테니스를 하는 줄은 몰랐다.

자전거를 타고 집에 돌아갔더니, 아야세 양은 없었다. 벌써 갈아입고 나갔거나, 아니면 이제부터 돌아오는 거겠지. 현지 집합이니까 괜찮을 거야.

이제 옷을 갈아입는 것에 망설임은 없다.

아야세 양의 눈을 믿으면 된다.

어제 산 재킷으로 갈아입고, 스마트폰을 손에 들고 LINE을 켰다. 나라사카 양의 주소를 물어보자, 지도가 첨부된 메시지를 보냈다.

"그 근처군."

학원 근처에서 나라사카 양의 집에 갔던 아야세 양을 본 적이 있다. 주소도 짐작이 간다. 주륜장이 있으니까 직행할 수 있겠어.

자전거로 달려 나라사카 양의 집 근처에 도착했다. 지도를 열어 확대해서 위치를 확인한다. 좌우를 둘러보니 커다란 녹색의 간판에 지도에서 본 회사의 이름이 적혀 있어서, 나는 내 현재 위치를 알 수 있었다.

그리고 자전거를 밀면서 걸었다.

도로 옆의 보도는 좁아서 그런지, 자전거가 덜컹댔다.

몇 분 뒤, 무사히 목적지인 맨션에 도착했다. 메시지에 적혀 있던 주륜장에 자전거를 세우고, 1층 현관으로 갔다.

호출 버튼을 누르기 전에 먼저 LINE으로 메시지를 보냈다. 나라사카 양이 집에 있으면 좋지만, 가족이 인터폰으로 응답했을 때 어쩌면 좋을지 모르니까.

그렇지만 그런 걱정은 필요 없었다.

메신저로 대답이 오기 전에, 길 너머에서 도로를 건너 걸어오는 아야세 양과 나라사카 양을 발견했으니까.

현관의 자동문이 열리고 두 사람이 다가왔다.

아야세 양은 데님 스커트에 낙낙하고 부드러워 보이는 겨자색 카디건을 걸쳤다. 안쪽 옷이 원 숄더의 니트 스웨터라는 것에서 아야세 양다움을 느꼈다. 동시에 추워 보여 걱정도 됐지만. 그녀는 나를 보고 가볍게 고개를 세로로 흔들었다.

나라사카 양이 손을 들더니 훌훌 흔들면서 달려왔다. 여전히 동작이 작은 동물 같아.

"기다렸어~?"

"아, 아니. 지금 도착한 참인데."

나는 고개를 흔들어 좌우를 둘러보았다. 그러나, 두 사람 말고 다른 반 아이들 같은 모습은 없었다.

"자, 시작하자~! 엘리베이터는 이쪽!"

어?

무슨 뜻이지?

"다른 사람은?"

"응?"

그렇게 「무슨 말씀인지 모르겠어요~」라는 느낌으로 고개를 갸웃거리시는데 말이죠…….

당황하는 건 이쪽이야.

"초대한 다른 사람은……."

"없어~. 오늘은 두 사람만 초대했으니까~."

"두 사람…… 나랑 아야세 양뿐이구나. 어째서?"

"으음~, 기분?"

대답이 안 되잖아, 라고 생각했다. 기분, 이라.

"자자자. 이런 곳에서 얘기하고 있으면 방해되잖아. 춥기도 하고."

"그, 그래."

대체 어떡해야 하나 생각하여 아야세 양을 보니, 시선을 삭 돌려버렸다.

어라. 혹시……. 알고, 있었어?

아야세 양의 표정에 정신이 팔려있던 나는, 나라사카 양이 뭐라고 중얼거리는 걸 놓쳤다.

엘리베이터에서 내려 welcome이라고 적힌 보드가 걸려있는 문 앞까지 왔다. 나라사카 양이 작은 핸드백에서 열쇠를 꺼내 문을 열었다.

"자. 어서 오세요. 그럼그럼, 들어와."

"마아야, 이 슬리퍼 써도 돼?"

"아, 응. 그거. 아사무라 군은 이거 써."

그녀가 내민 곰 무늬 슬리퍼를 신었다.

현관문에서 좁은 복도를 빠져나간 곳은 리빙 & 다이닝

키친이었다.

첫인상은, 넓다, 였다. 구조는 흔한 맨션이라, 우리 집과 크게 다를 바 없다. 아마 3LDK.

"오늘은 이쪽이야~."

그렇게 말하면서, 나라사카 양이 왼쪽에 보이는 문 하나를 열었다.

"거실이 아니고?"

아야세 양의 물음에 나라사카 양이 「세 명뿐이잖아」라고 대답했다.

어, 그러면 나라사카 양의 방인가?

나는 당황했다.

여자애의 방이라고 하면, 식은땀이 흐르는 기억밖에 없다.

만났을 무렵의 일 이후로 나는 아야세 양의 방을 의식하지 않도록 노력해서, 문이 열려 있어도 눈길을 돌리고 있었다. 건드리지 않으면 재앙이 일어나지 않는 법이다.

그러나 나라사카 양은 신경 쓰지 않고 앞장서서 우리를 방으로 안내했다.

문이 열리고 얼른 안에 들어가려는 나라사카 양의 옷을 아야세 양이 잡아서 막고, 문을 덜컥 닫았다.

"마아야. 괜찮은 거 맞지?"

"응? 뭐가?"

"그러니까…… 나 혼자면 괜찮지만, 아사무라 군이 있잖아? 방, 들어가도 괜찮아?"

"으~음……."

턱에 손가락을 대고서 나라사카 양이 천장을 노려보며 생각에 잠겼다.

"어른스러운 책이라면 옷장에 제대로 숨겼고, 세탁한 속옷도 벗어 던진 교복도 옷장에 제대로 넣었는걸?"

들리는 단어에 나는 마음을 비웠다. 무심이다. 무심. 나는 아무것도 안 못 들었어.

……그건 「제대로」 맞아?

"바, 바, 바보! 그런 걸 큰 소리로 말하지 마!"

"동생들 있는 앞에서는 말 안 하니까 맡겨둬."

"그건 당연하잖아!"

"이잉~? 하지만, 그것 말고 또 뭐?"

"그러니까…… 안전해?"

"사키는 참, 걱정이 많네~. 자자자, 괜찮다니까. 안 무서워~."

"그 대답이 제일 무서운데."

하아, 하고 한숨을 쉬면서 아야세 양이 문을 밀고 있던 손을 뗐다.

나라사카 양이 또다시 문을 열고 안으로 삭 들어갔다.

"실례합니다……."

아야세 양이 말하면서 먼저 들어가고, 나도 뒤를 따랐다.

대략 10제곱미터 조금 안 되는 방이다. 안쪽에 창가와 침대. 왼쪽 벽에 붙어 있는 책상. 거기까지는 보려고 하지 않아도 눈에 들어와 버린다.

나는 만일의 경우에 대비하여 너무 빤히 둘러보지 않도록 조심했다. 쿠와바라쿠와바라[#2]……. 이어서 벼락을 피하는 고풍스러운 주문을 읊었다. 아야세 양의 벼락이 떨어지는 일은 가능한 피하고 싶어. 인간이 떨어뜨리는 벼락에도 효과가 있는지는 모르겠지만.

아야세 양이 「흐음~」 하고 말했다.

"깔끔하게 해뒀네."

"내가 정리를 안 하면, 동생들이 더욱 정리를 안 하니까."

역시, 나도 감탄했다. 누나답다.

"자. 앉아."

낮은 원형 테이블 주위에 쿠션이 셋.

나와 아야세 양을 안쪽 자리에 권하고, 나라사카 양이 마지막에 폴싹 앉았다. 재촉하는 대로 앉고 나서야 깨달았다.

아아, 나라사카 양, 가장 문에 가까운 위치를 확보했어.

"아, 마실 거 가져올게."

우리가 앉자마자 나라사카 양이 말하더니, 자리에서 일어나 나가는 걸 본 내 추측은 확신으로 바뀌었다. 역시 가장

---

**#2 쿠와바라** 벼락을 피하는 주문이지만, 다른 재난을 피하기 위한 주문이기도 하다. 스가와라노 미치자네의 영지인 쿠와바라 지방에 유독 벼락이 없었다는 일화에서 유래되었다는 설과, 뇌신이 뽕나무를 싫어한다는 옛 설화에서 유래되었다는 설이 있다.

손님을 접대하기 좋은 위치에 진을 친 것이다. 이대로는 접대를 받아야 할 사람이 가장 접대를 하는 사람이 되고 만다.

"이거, 마아야의 생일 파티인데."

"그렇지만, 우리가 멋대로 집을 뒤질 수는 없으니까……."

"그렇네……."

둘이서 어쩌나 고민하고 있는데, 나라사카 양이 1.5리터의 페트병 차와 컵을 가지고 돌아왔다.

"그럼, 시작하자!"

"그러니까. 마아야는 이제 우리 대접하는 건 됐으니까 입 다물고 여기 앉아 있어."

아야세 양이 어깨를 턱 붙잡아서 억지로 앉혔다.

"하지만, 손님을 대접하는 게 집주인의 의무잖아?"

"마아야가 접대를 받아야 하는 쪽이잖아. 오늘은, 네 생일 파티니까!"

나라사카 양은 푸우~ 하며 불만스러운 태도를 취하고 있지만, 아야세 양 말처럼 이쪽이 접대하는 쪽이다. 그렇지만 친구 대표는 아야세 양이란 말이지……. 내가 강하게 말하는 것도 좀 아닌 것 같다. 여긴 아야세 양에게 맡기고 지켜보는 게 좋을까?

"그런 일도 있을지도 없을지도 모르지만~."

"있어! 자, 이거."

슥, 하고 아야세 양이 종이봉투를 내밀었다.

"응? 이거, 는…… 선물이 아니고?"

"저녁 식사 전이니까, 조금뿐이야."

거기서 꺼낸 하얀 상자 속에는 작은 케이크 세 개가 들어 있었다.

역 앞의 케이크 가게에서 구입한 모양이다. 처음에는 케이크 예정이 없었지만, 아무것도 없으면 쓸쓸하겠다고 생각해서, 급히 사기로 했다고 한다. 역시, 따로 행동한 것은 이것 때문이었나. 나중에 나도 돈을 보태야지.

쇼트케이크와 몽블랑 케이크, 치즈 케이크. 모두 거북해서 먹을 수 없다는 일이 거의 없는 왕도 조합이다.

"오~옷! 맛있어 보여~."

"물론. 촛불은 없지만."

"그럼 그릇이랑 포크 가져올게."

"그러니까 괜찮아. 그런 건, 괜찮으니까."

"으음."

나라사카 양이 다시 앉음으로써 세 사람의 생일 파티가 시작됐다.

그런데, 새삼스럽지만, 정말로 우리 셋뿐이라니…….

케이크를 먹기 전에, 나랑 아야세 양이 선물을 건넸다.

내 건 그녀가 요즘 좋아한다는 애니메이션 작품의 머그컵. 캐릭터의 그림이 커다랗게 들어간 것이 아니라, 평소에 쓸 수 있을 법한 것이다.

나라사카 양은 기뻐하며 컵을 들어 올리고는 정중하게 나를 향해 감사의 말을 했다. 마음에 들어 다행이다.

아야세 양이 고른 건 티스푼과 케이크 포크 세트.

손잡이 부분에 식물의 덩굴을 모티프로 한 화려한 무늬가 새겨져 있고, 자루 끝이 왕관 형태인 세련된 물건이었다.

"와~! 귀여워!"

"아무래도 은제 같은 건, 아니지만."

"충분해~. 고마워, 사키. 그렇구나. 이걸로 케이크 먹으면 되겠네!"

"거기까지 생각한 건 아냐. 두 세트밖에 없고."

"아아, 나는 괜찮아. 상자에 들어 있는 걸로 먹을게."

케이스 가게에서 넣어준 간이 포크가 있다.

"나는, 기왕이면, 이걸로 먹고 싶어."

"일단 씻는 편이 좋지 않을까?"

"그렇네~. 잠깐 씻어 올게. 그 정도는 괜찮지?"

"그건, 뭐."

"네에~. 그럼, 금방 돌아올게!"

방을 나간 나라사카 양이 선물인 스푼과 포크를 씻어 오더니, 식기류가 없는 나를 위해 집의 스푼과 포크도 가지고 돌아왔다. 결국 접대를 하네. 이게 오랜 세월의 현실 누나 생활로 익힌 누나다움이라는 걸까?

컵에 따른 차로 나라사카 양의 생일을 축하하는 건배를 했다.

케이크를 먹고 있는데, 나라사카 양의 어머니가 다과를 가지고 인사하러 왔다. 그녀와 닮은, 상냥해 보이는 어머니다. 어쩌다 보니 다과도 다 먹고 말았다. 먹기만 하다 보니 저녁 식사를 못 먹을 것 같아져서 조금 걱정이 되었다.

그러고 보니, 아버지가 동료랑 저녁 식사를 먹고 돌아온다고 연락을 했지. 아키코 씨도 일하느라 심야까지 돌아오지 않으니까, 오늘은 저녁 준비를 신경 쓰지 않아도 되겠어. 아무래도 아버지의 업무도 한고비를 넘긴 모양이야.

다 먹은 뒤에 아야세 양과 나라사카 양이 여름에 있었던 워터파크 이야기를 시작했다. 긴장했던 나는 드디어 조금 느긋하게 쿠션의 뒤에 손을 짚었다.

그러자 등에 뭔가 닿아서, 몸을 황급히 떼었다.

10제곱미터 안 되는 넓이에 침대와 책상과 로우 테이블, 그리고 벽에 몰아놓은 컬러 박스가 두 개나 있으니까, 아무래도 팔다리를 자유롭게 뻗을 정도의 공간은 없었다.

부딪힐 것 같은 등의 박스를 조심조심 보자, 아무래도 굿즈 수납 & 진열 공간이었다. 부서진 게 없는 것 같아 안도해 버렸다.

나라사카 양이 애니메이션을 좋아한다는 건 이번에 선물을 고르며 아야세 양에게 들었지만, 늘어놓은 굿즈들 중에 어디선가 본 것 같은 피규어가 있었다.

피규어라기보다, 이거 로봇이지?

기시감의 이유를 금방 떠올렸다. 여름에 마루가 인터넷 친구에게 선물한다고 사러 갔던 한정 굿즈와 같은 거였다.

흐응~. 역시 인기가 있구나, 이거.

"그러고 보니 사키도 이제 곧 생일이지~. 12월이었나?"

나라사카 양의 목소리에 나는 의식을 되돌렸다.

어느샌가 화제가 아야세 양의 생일이 된 모양이군.

"있잖아. 아사무라의 생일은 언제야? 오빠야니까 사키보다 이르지?"

나라사카 양이 나를 보면서 물었다.

"12월이야."

"어라? 같은 달?"

"나보다 일주일 일러."

"뭐~야. 오빠야인 건 일주일뿐이구나."

듣고 보니 그렇다. 일주일 뒤에는 같은 나이가 되니까. 그렇지만 초등학생도 아니고 고작해야 한 살 위라고 연장자 행세를 할 생각은 없다.

"뭐, 형식상 그런 거지."

"하지만, 사키 같은 귀여운 여자애가 『오빠야!』라고 불러주면 기쁘지?"

"그러니까 마아야, 그건 관둬."

아야세 양이 정색하고 말했다.
“쑥스러워할 거 없는데.”
“낯간지러우니까 그만두라는 거야.”
“그러면, 『오빠아』는?”
“그게 그거 아니야?”
“그러며는, 양보하고 양보해서…… 『오빠』.”
어디를 얼마나 양보한 건지 알 수가 없어—라는 태클은 사실 할 여유도 없었다.
가슴이 쿵쾅, 뛴다.
나라사카 양은 마치 아야세 양이 말하는 것처럼 『오빠』라고 말했다. 아야세 양이 말한 것 같은 착각을 해버린다.
지금 아야세 양이 나를 『오빠』라고 부르는 건 아버지나 아키코 씨가 있을 때로 한정되니까, 설마 그런 장면을 나라사카 양이 봤을 리는 없는데.
“그……만해.”
“에이~, 이 정도는 괜찮잖아. 진짜 여동생이 된 거니까~. 아니면, 벌써 부르고 있어?”
“아사무라 군은 아사무라 군이야.”
“그러면 재미없어.”
“재미가 있고 없고의 문제가 아니잖아. 자, 이 화제는 끝!”
짝. 아야세 양이 손뼉을 쳤다.
나라사카 양이 불만스러운 표정을 지었지만, 한순간 뒤

에는 이미 자기가 한 말을 잊은 것처럼 미소를 지었다.

"이렇게 축하를 해주기도 했으니까, 이건 이제 12월에 두 사람의 생일 파티를 성대하게 열어야겠어!"

성대하게 뭘 할 셈이지……?

이벤트를 좋아할 것 같은 나라사카 양이 그렇게 말하면, 조금 걱정이 앞선다. 나로서는 생일파티에 그렇게까지 생각하는 바가 없으니까.

왜냐하면—.

"12월생의 생일은 크리스마스랑 세트 취급이지만 말이야."

가족이 모여 축하한 경험담을 말하자, 「이해해!」하고 아야세 양이 동의해 주었다. 역시 그런 법인가.

당시의 우리 집 상황을 돌이켜보면, 생일은 고마운 존재였다. 누가 뭐래도 그날만큼은 부모님이 부부싸움을 안 했으니까. 설령 크리스마스랑 세트라고 해도, 불평할 생각은 없었다.

다만…….

조금 손해 보는 기분이 들지, 라고 말했다.

아야세 양도 크게 고개를 끄덕였으니, 비슷한 상황이었나 보다.

그런 이야기를 했을 때. 끼익, 작은 소리가 들려 나는 문 쪽으로 시선을 돌렸다. 살짝 열린 틈으로, 유치원에 다닐 정도의 남자애가 안을 엿보고 있었다.

거의 같은 타이밍에 나라사카 양도 돌아봤다.

"이놈~. 누나는 친구들 와서 바쁘다고 했지~. 엄마한테가 있어!"

그렇게 말했지만, 남자애는 빤히 우리를 보고 있었다.

아니, 시선을 추적하자…… 테이블 위의 과자를 보고 있네. 나라사카 양도 깨달은 모양이지만, 조용히 고개를 옆으로 저었다.

"안돼. 좀 있으면 저녁밥이야."

"치사해……."

"아~ 정말!"

일어선 나라사카 양이 남자애한테 몸을 돌렸다.

"너희들 몫은 따로 있으니까 안심하세요~. 하지만, 저녁 먼저 먹어야 돼."

"싫어~."

그래도 불같이 화를 내는 게 아니라 나라사카 양의 목소리가 온화했다. 동생의 볼이 불만스럽게 빵빵해졌지만, 등을 톡톡 두드려주고 몸을 뒤로 삭 돌렸다.

"자자, 얼른 가."

"간시익~."

"밥 먼저~."

"마아 누나만 먹어, 치사해~."

"이녀서~억! 요 입이 하는 말이구나아?"

"히하해~."

그렇게 장난을 치면서 동생을 방에서 데리고 나갔다.

더욱이 소란스러운 목소리가 한 차례 들리고 — 동생들이 여러 명 있다고 했지 — 드디어 조용해졌다.

"아~, 미안해~. 조금 중단됐네."

"괜찮아."

방에 돌아온 나라사카 양에게 아야세 양이 말하고, 나도 수긍했다.

"기운이 넘치네, 나라사카 양 동생들."

"꼬맹이즈 중 하나야. 방금 걔가 제일 막내."

말투를 들어보니, 동생들과 나라사카 양 사이에는 나이 차이가 꽤 있는 모양이군.

"챙겨야 하는 동생이 잔뜩 있어서 힘들다니까~."

힘들다고 하면서도, 말하는 그녀의 표정은 즐거워 보인다.

동생들을 귀여워하는 걸 알 수 있다. 놀아주는 쪽도 조르는 쪽도 즐거워 보이니 좋은 일이라고 생각한다. 그러고 보니 형제자매라는 건 나이가 가까우면 부모의 애정을 두고 싸우는 라이벌이 되지만, 나이 차이가 나면 동생이 보호 대상으로 인식이 바뀐다는 이야기를 들은 적이 있다.

그러니까 동생이라기보다, 자기 자식을 상대하는 것 같은 마음이 된다는 것이다.

"나라사카 양은, 좋은 엄마가 될 것 같아."

결코 어린아이를 버리고 집을 나가지는 않겠어.

문득 입에서 나온 말에 나라사카 양이 기가 막힌 표정을 지었다.

"아사무라 군, 그건 사키한테만 해줘야 하는 말이야."

"마아야, 무슨 소리야."

어?

아야세 양한테만…….

나는 거기서 「좋은 부모가 될 것 같다」라는 말을 나라사카 양이 「(나에게) 좋은 결혼 상대가 될 것 같다」의 의미로 포착한 것을 깨달았다. 그거라면 분명히 나라사카 양에게 말하는 건 좀 아닌…… 아니, 그게 아니고.

"어라? 듣고 싶은 말 아냐?"

그런 문제가 아니고.

"그런 문제가 아니잖아."

아야세 양도 나랑 같은 의견인가 보다.

"엄마, 되고 싶지 않아? 아빠도 그렇지만."

"어머니는 존경하고 있지만, 그건 그거. 나는 지금 그런 생각한 적 없어요. 그리고, 아빠는 못 되잖아."

그건 아빠와 엄마를 생물학적 역할로 나눌지 사회적 역할로 나눌지에 달리긴 했지만.

"아, 알았다."

"……뭘?"

"데릴사위가 되고 싶구나!"

"뭘 어떻게 알면 그렇게 되는 거야?"

얼음처럼 차가운 목소리로 말하지만 나라사카 양은 생글생글 웃는다. 대체 나라사카 양은 얼마나 알고서 우리를 놀리는 걸까?

하아, 아야세 양이 한숨을 쉬었다.

"왜 생일인 마아야한테 이렇게 설교를 하는 거지, 나는."

나라사카 양이 계속 맹한 소리를 해서 그런 거 아냐?

내 시선을 깨달은 나라사카 양이 삐친 표정을 지었다.

"그렇게 게슴츠레한 눈으로 보면 상처받는걸, 아사무라 오빠야. 자, 무섭지 않아요."

내 눈앞에 스윽 내민 작은 손가락을 가만히 보았다.

어쩌라고요?

"괜찮아. 깨물어도 견딜게."

"안 하거든."

"사키가 보고 있으니까."

"안 보고 있어도 안 해."

"마아야, 대체 무슨 소리를 하니?"

아무래도 아야세 양도 이해 못 한 것 같아 참 다행이야.

그다음에도 몇 번인가 나라사카 양이 맹한 소리를 했지만, 아야세 양의 쿨페이스를 무너뜨리지는 못했다.

이제 곧 나라사카 양의 아버지가 돌아올 시간이라고 하기에, 나랑 아야세 양은 나라사카 양 집에서 물러나게 됐다.

그녀는 이제부터 가족이랑 함께 생일 축하를 하는 모양이다.

분명 아버지가 촛불을 꽂을 수 있는 커다란 홀 케이크를 사오거나, 방금 전에 인사를 하러 온 어머니가 맛있는 요리를 잔뜩 만들어주시거나 하겠지. 그리고 동생들에게 둘러싸인 나라사카 양은 즐거운 웃음을 줄곧 보여줄 거다.

헤어질 때 아야세 양이 조용히 나라사카 양에게 말했다.

"행복한 가정이네. 다들 사이가 좋아."

나라사카 양이 고개를 갸웃거렸다.

"무슨 말이야?"

"응?"

"사키도 참. 그건 이쪽이 할 말이야."

오른손을 권총 모양으로 만들어 아야세 양에게 척 겨누고, 손끝을 스으윽 옮겨 나에게 겨누었다. 빵. 소리를 내지 않고 쏜다.

"사이, 좋잖아?"

"마아야, 무슨 말이야."

"어라? 듣기 싫은 말이야? 남매 사이가 좋다는 거."

"아, 아니……."

"그래, 알았어. 다시 말해서 부부 사이가 좋다는 말을 듣고 싶은 거구나."

"누, 누가 부부야……!"

"사키의 어머니랑 아사무라 군의 아버지가."

"윽―."

아야세 양이 정말로 할 말을 잃은 표정을 보는 건 처음일지도 모른다.

"사이, 좋잖아? 말했었지?"

"으, 그, 그래."

대답하는 아야세 양의 볼이 살짝 상기되어 있는 것은 맨션에서 나와 차가운 바람을 맞았기 때문일 거라고 생각한다.

벙~긋이 나라사카 양이 미소를 지었다.

"으응? 누구랑 누가 부부라고 생각한 걸까아~?"

"돌아갈래. 내일, 또 봐."

"네에~. 또 봐~! 아사무라도!"

결코 그 이상은 놀리지 않는 것도, 나라사카 양이 아야세 양의 친구로서 거리를 유지할 수 있는 이유일 것이다. 영리한 궁중광대는, 임금님을 살살 놀리면서도 목이 달아나지 않는 거리감을 아는 법이다.

"그럼, 생일 잘 보내."

그렇게 말하고 가볍게 고개를 숙인 다음 나는 아야세 양과 함께 집으로 돌아갔다.

"정말이지. 놀리기만 한다니까."

"그래도."

아야세 양이 나를 보았다.

"남매 사이가 좋게 보인다면, 지금 우리들의 거리감은 옳다는 거잖아."

"그건…… 그렇지만."

돌아가는 길을 걸으면서 아야세 양은, 친구와 나눈 대화를 떠올리고 심통을 내거나 질색하거나 가끔 쑥스러워한다. 문득 조금 전의 일을 떠올렸는지 「마아야는 참 정말이지」라고 반복해서 말한다.

정말로, 이 두 사람은 사이가 좋아.

사이좋은 것은 아름다운 일이다. ―무샤노코우지 사네아츠였던가? 일본 문학사에 이름을 남긴 작가지만, 작품 자체는 나도 그다지 읽은 적이…….

아니, 그건 아무래도 좋다. 어쨌든 사이가 좋은 사람들을 보고 있으면 보고 있는 쪽도 흐뭇해진다. 그게 부모든 친구든, 그리고 부부든.

나는 아버지와 아키코 씨의 얼굴을 떠올렸다. 그리고 옆을 걷는 아야세 양의 옆모습을 보았다.

적어도 아이들 앞에서는 싸우지 않는 사이의 부부, 라.

머나먼 언젠가의 그림을 나는 문득 생각했다.

그렇지만, 고교생인 나에게는 아직 장래의 구체적인 생활 따위 상상도 못하겠다.

부르르 몸이 떨렸다.

쌀쌀한 바람이 하늘 높은 곳에서 떨어진다.

## ●10월 21일 (수요일) 아야세 사키

마아야의 생일 파티를 하고 돌아온 밤.

나는 내일 수업 예습을 하고 있었다.

헤드폰에서 흘러 들어오는, 노이즈가 섞인 느릿한 소리.

내 시선은 아까부터 교과서 위를 왕복하고 있지만, 집중을 하지 못해서 그저 미끄러지고만 있었다. 예습이 안 되고 있다. 뭐, 일본사니까 미리 풀어 둘만한 문제가 있는 것도 아니고……. 아니, 이건 변명이야, 사키.

마침내 집중이 완전히 끊어져서, 나는 시선을 올렸다. 시계의 표시가 그 타이밍에 마침 23:33으로 바뀌었다. 아, 같은 숫자네. ―그런 생각을 하자 완전히 공부할 기분이 아니게 되어서…….

―목욕을 하자.

나는 포기하고 목욕탕으로 향했다.

탈수를 방지하기 위해서 컵 한 잔의 물을 마시고 욕조에 몸을 담갔다. 손발을 크게 뻗자 긴장이 따뜻한 물에 서서히 녹아서 빠져나가는 걸 느꼈다.

후우…… 숨을 크게 내쉬었다.

"마아야도 참."

마아야네 현관에서 기다리고 있던 아사무라 군과 합류했

을 때, 마아야가 한 말을 떠올리고 자연스럽게 볼이 부풀었다.

『아예 그냥, 젊은 두 사람만 남겨버려도 되거든?』이라고 했다. 아사무라 군이 못 들었더라면 좋겠는데.

애당초 생일의 주역이 사라져서 어쩌려는 건데? 정말이지…….

걔는 얼마나 우리들을 수상하게 생각하는 걸까? 나랑, 아사무라 군 사이를.

그야 뭐, 우리는 실제로 오빠와 여동생이다. 그러니까 사이가 좋다고 해도 자연스럽고, 그걸 놀린다고 해도 아무 문제.

마아야도 동생이랑 사이가 좋았잖아?

그거랑 마찬가지다. 남매의 스킨십 범위 안이지. 맞아. 그러니까, 아사무라 군이 유치원생이었다면, 나도 그런 식으로 대할 수 있었을까?

유치원 때 아사무라 군은 어땠을까? 하지만 분명히 귀여웠을 거야.

건방져 보이는 얼굴의 부드러운 볼을 살짝 잡아당기거나 찔러보거나. ……누구의? 아사무라 군의— 아니, 그런 게 가능할 리 없어.

나는 휙휙 고개를 흔들어 망상을 쫓아냈다. 무슨 생각을 하는 거지.

사고를 전환하자. 다다음달에 아사무라 군의 생일이 있

다. 나도 그렇지만, 우선은 아사무라 군이야. 그렇구나…… 생일 선물을 생각해야지.

잠시 생각하는 사이에 세팅해 둔 타이머가 울렸다.

입욕 시간은 20분이 기준. 땀을 흘리기 전에 욕조에서 나온다. 그 이상의 시간을 따뜻한 물에 잠겨 있으면 피부가 건조해지기 쉬우니까.

몸을 닦은 다음에 보습도 중요하다. 김이 오르는 몸을 가만 내버려두면, 점점 피부에서 수분이 날아가 버린다.

옷을 갈아입고 세탁할 옷을 한꺼번에 방으로 가져간 다음(아무리 그래도 탈의실 바구니에 넣어둘 수는 없으니까), 잠옷에 겉옷을 걸치고 거실로 가서 냉장고를 열었다. 차가운 보리차를 한 잔만 마셨다.

문이 열리는 작은 소리가 났다.

귀가한 엄마였다.

"어라, 웬일로 빨리 왔네."

바텐더라는 일을 하다 보니, 엄마의 귀가는 심야를 넘어 다음날 아침이 되어 버리는 일도 흔하다. 그걸 생각하면 상당히 빠르다.

"어어…… 조금."

"몸, 어디 안 좋아?"

"후우, 괜찮아. 병이나 감기가 아니니까. 『그거』야. 조금 심해서."

말하면서 거실의 의자에 앉았다.

"아아—."

나는 그 뜻을 이해하고 고개를 끄덕였다.

"추웠지? 따뜻한 차라도 마실래?"

"고마워. 부탁해."

전기 주전자의 스위치를 켜고서 나는 엄마 맞은편에 앉았다.

"제대로 쉬게 됐네."

지금까지는 조금 정도 몸이 안 좋아도 계속 일을 했다. 몸이 안 좋다고 집에 돌아오는 걸 보면 예전과 비교해서 변했다고 생각했다.

예전— 결혼 전과 비교해서.

"타이치 씨도 있고, 쉬어도 된다는 생각이 들기 시작한 것 같아."

침실에 시선을 보내면서 말했다.

"새아버지가 있으니까?"

"그래. 그리고 사키도 다 컸고?"

그렇게 말하고 부드럽게 웃었다.

낯간지럽기도 하고, 내가 의지가 안 되어 엄마가 쉬는 걸 망설였다는 걸 알고서 미안하게도 생각했다.

그래도 지금 엄마는 쉬는 걸 선택할 수 있다. 옛날하고는 다르다.

가족 중 누군가가 쓰러져도, 누군가가 도와줄 수 있다고 믿으니까. 의지가 되는 가족이 있다는 든든함이 있다.

주전자의 스위치가 찰칵 꺼지고 물이 끓은 것을 알렸다. 나는 논카페인 홍차를 타서 엄마 앞에 컵을 놓았다.

"새아버지뿐 아니라, 나도 언제든지 의지해도 돼."

"고마워, 사키."

나는 고개를 옆으로 저었다.

엄마의 고생을 생각하면, 내가 할 수 있는 것 따위 아직 아무것도 없는 수준이다. 엄마가 신뢰하고 있는 새아버지 만큼은…….

"밥은?"

"조금 먹고 왔으니까 괜찮아."

미소를 짓고서, 엄마는 가까이 있던 리모컨을 집어 TV를 켰다.

뉴스 버라이어티 방송의 떠들썩한 소리가 흘러나온다. 뒤늦게, 화면에는 주황색 장식이나 전구 장식이 달려 눈부신 점포를 연예인이 신이 나서 돌아보는 영상이 나왔다. 핼러윈 특집인가 보다.

"그러고 보니, 핼러윈 말인데."

"아아, 응."

방송을 보고 떠올렸는지 엄마가 갑자기 말해서, 나는 무심코 건성으로 대답했다.

"처음엔 말이야. 타이치 씨랑 어디 외식이라도 하러 가자고 상담을 했었어. 그게, 축제잖아?"

서양의 축제지만.

하지만— 시부야에서 술을 파는 가게는 대성황이니까 아마도 아침까지 돌아올 수 없다고, 엄마가 말했다.

"핼러윈이 그렇게까지 중요한 행사야?"

일부 분장을 좋아하는 사람을 위한 이벤트라고 나는 인식하고 있었는데.

"타이치 씨는 어쨌든지 다 함께 축하를 하고 싶은 거야. 하지만, 이제 곧 12월이니까, 축하는 그때 해도 된다고 말했어. 크리스마스는 확실하게 쉴 생각이야. 그러니까, 두 사람 생일을 가족끼리 성대하게 축하하자."

엄마의 그 말에, 나는 이번에는 동의하여 고개를 끄덕였다.

"응, 알았어."

"뭐니, 싱글벙글하네."

"아무것도 아냐."

역시 크리스마스랑 세트구나. 그렇게 생각하여 웃음이 떠오른 것도 사실.

하지만, 그것뿐이 아니다. 가족이 다 함께 축하할 수 있다.

올해부터는—.

## ●10월 29일 (목요일) 아사무라 유우타

나라사카 양의 생일에서 일주일 정도 지난, 목요일 아침.

일어나서 옷을 갈아입은 뒤 맨 먼저 세수를 하려고 세면장으로 갔다.

양말을 신고서도 발바닥이 차갑게 느껴지는 계절이 되고 있었다. 몇 번인가 발을 구르면서 얼굴을 씻고, 수염을 깎은 다음에 화장수를 얼굴에 묻혔다.

스타일링을 써서 자연스러운 정도로 머리도 정돈했다. 자연스러운 정도라는 건 다시 말해서 삐친 걸 진정시킨 정도다.

문화제 무렵부터 아야세 양을 본받아 아침의 루틴워크로 피부 관리를 해보기 시작했다. 하게 되고 나서 깨달은 건데, 집 안에서 피부에 신경 안 쓰는 건 나뿐이었다.

"설마, 아버지의 이게 화장수였다니."

세면대에 놓여 있던 푸른빛의 투명한 병이 남성용 화장수였다는 걸 전혀 모르고 있었다.

경악이었다.

게다가, 기억을 더듬어 보면 이건 아버지가 아키코 씨랑 만나기 전부터 세면대에 있었다.

이래 보여도 영업일을 한 적도 있다— 그렇게 아버지가

말했었지.

아버지, 얕볼 수 없군.

그리고, 나는 흥미가 없는 분야에 대해선 정말 신경 안 쓰는 성격이구나 생각했다.

나는 배려가 부족하다. 아니, 보다 정확하게는 남에게 호의를 드러내려는 의욕이 부족하다.

지금 이대로면 된다고 아야세 양이 말을 해줬지만, 나는 그녀에 관해서는 타협하고 싶지 않다. 자신의 페이스로 가능한 노력하고 싶다.

참고로 거울 옆의 선반에는 이제 아버지의 것뿐 아니라 아키코 씨나 아야세 양의 병이나 크림 같은 것도 놓여 있어서, 가족이 늘어난 것을 실감하게 된다.

가족의 수가 두 배가 되었으니까, 물건이 배로 늘어나도 이상하지 않다. 그래도 남자들만 있는 가정에서는 볼 수 없는 갖가지 이것저것을 보면, 어쩐지 신선함과 낯간지러움이 느낀다. 그리고, 본격적인 화장 도구는 여기엔 없다고 아야세 양에게 들었을 때는 더욱 놀랐지. 여기서 뭘 더 하는데?

아침 식사를 마치고, 평소처럼 아야세 양이 먼저 집을 나서고 잠시 지나 나도 학교에 갔다.

자전거를 타고 시부야의 거리를 달린다.

닿는 바람에서 상쾌함보다도 쌀쌀함을 느끼게 되었다.

한 달이 더 지나면 싸늘함으로 바뀌겠지.

평소처럼 주륜장에 자전거를 세우고, 평소처럼 수업 시작 5분 전 교실에 도착하여 수업 준비를 하고 있는데, 아침 연습을 마친 마루가 평소처럼 눈앞의 의자에 털썩 앉았다.

"안녕, 마루. 수고했어."

"오냐. 뭐, 이 정도로는 지치지도 않는다만."

"대단하네."

"익숙해진 거지. 특별한 단련이라고 생각하니까 지치는 거야. 귀찮은 일은 나날의 습관으로 만들면 신경 안 쓰여."

함축적인 말처럼 들리지만, 애당초 그걸 습관으로 만들 수 있는 게 대단한 거 아냐?

담임이 와서, 아침 조례가 시작됐다.

그리고 「평소처럼」이 아닌 일이 일어났다.

담임이 프린트를 나눠줬다.

『자원봉사 모집』.

가장 위에 그렇게 적혀 있다. 내용을 눈으로 읽었다. 보아하니 핼러윈 다음날 아침의 쓰레기 줍기 자원봉사의 전단지였다.

"시부야의 핼러윈은 유명하지만, 다음날 아침의 쓰레기가 심각하지."

마루가 작은 소리로 한 말에 나도 고개를 끄덕였다.

그 이야기는 매년 듣고 있었다. 사는 동네가 성황인 건 기쁜 일이지만, 사는 동네가 지저분하면 슬프다.

더욱이 나쁜 일도 일어난다.

쓰레기를 방치하면 어떻게 되는가? 까마귀가 대량으로 몰려오고, 길을 걸으면 쥐가 길을 지나가게 된다. 게다가 통통하게 살찐 녀석이.

냄새도 꽤 심하다.

"시부야의 거리는, 일본의 대표적인 도회지로 불리고 있지만, 축제 다음날 아침의 시부야는 정말로 지저분하다. 심각해."

"경험이 있어?"

"아침 연습이 있잖아."

핼러윈 다음날 아침의 시부야 거리를 지난 적이 있는지, 마루는 미간을 찌푸리고 있었다. 어지간히 인상이 안 좋았나 보다. 담임이 흥미가 있으면 참가를 해달라고 하더니 교실을 나섰다.

"하지만, 꽤 이른 아침이잖아, 이거. 어쩔래?"

"어째서, 어디 사는 누구인지도 모르는 놈들이 더럽힌 거리를 청소해야 하는 거냐."

"뭐, 그렇단 말이지."

평소의 아침과 다른 사소한 일이, 핼러윈이 가깝다는 것과 즐겁기만 하고 끝이 아니라는 현실을 나에게 알려주었다.

그날 방과 후는 학원에 갔다.

하기 강습을 계기 삼아 정기적으로 다니고 있는데, 역시 꾸준함이 힘이라고 해야 할까? 봄 무렵과 비교해서 내 성적은 상당히 올라 있었다. 스스로도 공부에 대한 모티베이션이 올라간 것 같다.

얼마 전까지 딱히 목표는 없지만 진학하는 대학의 레벨이 높아서 나쁠 거야 없지, 정도의 감각으로 공부를 하고 있었는데, 지금은 그보다도 명확한 목표가 생겼다.

대학 진학. 그것뿐이 아니라, 목표는 그 앞의 취직이다.

보다 급료가 높은 회사에 들어간다. —그걸 달성하기 위해서, 국공립 사립을 가리지 않고 일류 대학이라 불리는 곳에 들어갈 정도의 학력을 익혀두고 싶었다.

이건 누가 강요를 한 것도 아니고 누군가에게 공유하지도 않은, 스스로 발견한 나만의 목표다.

아야세 양에게도 말 안 했다.

아니, 오히려 아야세 양에게는 말 못한다.

왜냐면 이것은, 수익이 좋은 고액 알바를 발견하여 아야세 양의 독립을 도와주지도 못했는데 매일 식사를 만들어 주고 있는 불균형에 대해, 내 나름대로 밸런스를 잡기 위해서니까.

그녀가 독립하기 위한 일거리를 발견하지 못했지만, 그녀의 삶을 속박하는 것이 없도록, 언제든지 우리 집을 부양할 수 있는 힘을 얻고 싶다고 극히 자연스럽게 생각하게 됐으니까.

직접 아야세 양의 희망에 따르는 행동도 아닌데 계기가 그녀라고 하면 괜히 은혜를 베풀려는 것 같아서, 굳이 말하지 않고 있었다.

학원 건물에 도착한 차에, 아야세 양에게서 LINE 메시지가 왔다.

『끝나면, 같이 슈퍼에 장 보러 가지 않을래? 내일 아침 식사 재료 사두고 싶어서.』

나로서는 이견이 없어서, 수업이 끝나는 시간을 전달하고 학원 앞에서 만날 약속을 잡았다.

기대된다.

교실의 문을 열자, 낯익은 키가 큰 여자가 눈에 들어왔다. 후지나미 양이다.

그녀 옆자리밖에 빈 곳이 없다. 나는 가볍게 인사하고 앉았다.

학원의 수업 시간은 18시 30분부터 21시 20분까지 약 3시간. 다만 나는 그 날 두 개밖에 안 들어서, 2시간 만에 수업이 끝난다.

20시 20분. 아야세 양과 만나기로 한 건 10분 뒤다.

수업 끝날 때까지 옆자리의 후지나미 양과는 딱히 이야기를 하지도 않았지만, 끝난 다음에 그녀가 먼저 말을 걸었다.

“뭔가, 조금 변했네요.”

나는 꺼내둔 필기용구와 교재를 가방에 넣으면서 고개를 후지나미 양 쪽으로 돌렸다.

“그런, 걸까?”

“네. 여자친구라도 생겼나요?”

“여자친구, 는 아니지만…… 뭐라고 설명해야 할까.”

“그렇군요. 축하할 일이네요.”

“간단히 받아들이네. 이쪽은 애매하게 말해 버렸는데.”

“단언하지 않는다면, 하기 어려운 이유가 있을 테니까요.”

후지나미 양이 안경을 벗더니, 교실의 난방으로 흐려진 렌즈를 마이크로 파이버 천으로 닦았다.

“좋아하는 사람과 관계가 좋은 쪽으로 변화되면, 여자친구든 뭔나잇 상대든, 그것 말고 무엇이라고 해도 결과적으로 오케이, 거든요.”

“후지나미 양이 등을 밀어준 덕분에 나아갈 수 있었어. 정말 고마워.”

“그건 다행이네요. 다행이지만, 그런데 이런 식으로 다른 여자랑 친하게 대화해도 되는 건가요?”

미소를 지으며, 놀리는 어조로 말했다.

“그러니까……. 나는 후지나미 양을 친구라고 생각하거든.”

“그렇군요. 나랑 아사무라 군은 친구였나요. 그러면 문제없네요."

납득을 해준 모양이라 다행이다.

그때 나는 문득 생각났다.

"그러고 보니 후지나미 양은 시부야 거리를 잘 알지?"

나도 이 거리 근처에 살고 있으니까 잘 모른다고 할 수는 없지만, 후지나미 양처럼 밤의 시부야 거리를 놀러 다닌 경험이 없다. 역 주변의 서점이라면 지도를 그릴 수 있을 정도로 숙지하고 있지만.

"후지나미 양은 핼러윈도 잘 알 것 같은데."

"아아, 그렇네요."

"당일에 놀러 가거나 해?"

"네. 저는 꽤 좋아해요, 그 분위기."

논다, 라고 해도 그런 유쾌한 파티의 분위기를 좋아하는 타입으로 보이지는 않아서, 나는 살짝 놀랐다.

"조금, 뜻밖이야."

"그런가요? 하지만, 그런 때는, 깜짝 놀랄 정도로 다들 머리가 나빠져서, 인간은 이렇게 시시해도 되는 거구나란 생각이 드니까요."

그렇게 말하고 후지나미 양은 입가에만 웃음을 만들어 고풍스러운 미소를 지었다. 그 미소는 마루처럼 바보 같은 소동에 대한 부정파와 정반대 같으면서도, 어떤 의미로 동일한 것처럼 보였다.

"시시해도 된다, 라."

"네. 우리는, 다시 말해서 원숭이에서 약간 분화한 동물이니까요."

"그러니까 후지나미 양은 평소 사람한테 기대를 하고 있구나."

내 말에 그녀는 한순간만 눈을 깜박였다. 뜻밖의 말을 들었다, 라는 것처럼.

"그런, 가요."

"기대를 하니까 실망한다. 그래서, 때때로 너무 기대하는 자신을 진정시키기 위해서 밸런스를 잡고 있는 게 아닐까?"

"그렇군요…… 그런 발상은 없었어요."

가방 속에 넣어둔 휴대전화가 매너모드 상태로 떨려서 황급히 집었다. 아야세 양의 LINE이다. 알림에 메시지 첫 줄이 표시됐다.

『학원 앞에 도착했어.』

나는 휴대전화를 주머니에 넣고, 가방을 어깨에 걸었다.

단순히 장보기를 같이 가는 것뿐이다. 데이트라고 부를 만한 것도 아니지만, 아야세 양과 둘이서 뭔가를 한다—시간을 공유할 수 있다. 그것만으로도 마음이 들뜬다.

"그 여자애군요."

"그래. 밖에서 만나기로 해서 그 연락……아, 대화 중에 스마트폰을 보는 건 실례지. 미안."

"아, 그런 건 신경 안 써요."

그 대답이 후지나미 양답다고 생각했다.

남의 행동을 속박하려고 하지 않는 구석이 아야세 양과 닮았다.

"그럼, 저는 먼저."

"응, 또 봐."

"네, 또 봐요."

그렇게 말하고 후지나미 양이 얼른 교실을 나섰다.

세 번째 수업 시작을 알리는 종소리가 스피커에서 흘러나온다. 소리에 재촉을 받아 나도 교실을 나섰다.

학원이 있는 건물을 나서자, 이미 하늘이 깜깜했다. 보도에 서 있는 가로등에 기대듯 아야세 양이 서 있었다. 불빛이 비추는 밝은 색 머리칼과 얼굴을 나는 금방 발견할 수 있었다.

시선이 마주치고, 생긋 웃어준다. 한나절 못 본 것뿐인데, 어쩐지 오래 떨어져 있었다가 간신히 만난 것 같은 그런 기분이었다.

"기다렸어?"

다가가며 물었다.

고개를 옆으로 저으면서 「지금 온 참」이라고 짧게 답했다. 교복이 아니라 카디건을 두른 사복 차림이다.

이 시간이면 집에 가서 옷을 갈아입고 왔을 테니 당연하겠지. 단순히 장을 보러 나온 것뿐이지만, 여전히 빈틈없는 차림이 잘 어울린다.

나는 학교에서 돌아오는 길에 들렀으니 교복 차림이다. 나란히 걸을 때 조금 창피한 건, 너무 의식을 하는 걸까?

돌아가는 도중에 있는 슈퍼에 들렀다.

구태여 의식하지는 않았지만, 세상은 확실하게 핼러윈을 맞이할 준비를 마친 모양이다.

슈퍼에 들어가자마자 바로 앞에 있는 진열 선반이 계절 한정 과자로 가득 차 있었다.

"핼러윈은 눈이 아프지."

내 말에 아야세 양이 잠깐 생각하고서 말했다.

"오렌지 성분이 많아서?"

"바로 그거야."

패키지가 선명한 주황색이 많다. 서양 호박의 색이다.

발상지에서는 애당초 순무를 썼다고 한다. 그때는 잭이 들고 있는 랜턴도 하얀색이었을지도 모른다.

그러나 미국에 전해진 뒤로, 보다 친근한 호박으로 변했다.

그것이 전파된 거니까, 일본에서도 핼러윈의 정석은 오렌지색 호박이다.

플라스틱의 주황색 호박 용기에 과자가 담겨져 있다. 이 오렌지 컬러가 눈을 찌르는 밝은 색이라서, 대량으로 쌓여 있으면 보고 있기만 해도 눈이 아파진다는 거지.

"백화점의 행사장도 이런 느낌이었어."

"아아, 그렇구나. 나라사카 양의 선물을 사러 갔을 때 봤겠네."

"그것도 있고, 길거리도 꽤 장식을 달아두니까."

돌이켜보니, 상점가 한구석에 마치 칠석 때처럼 어째선지 가로수에 핼러윈 상품이 매달려 있기도 했던 것 같은데.

"듣고 보니 그렇네."

"하지만, 이런 한철 상품은 끝나면 순식간에 교체되지."

나는 고개를 끄덕였다.

이벤트가 끝나면, 다음 날에는 이미 팔지 않는 일이 많다.

아마도 핼러윈이 끝나면 이 선반 위에 크리스마스 상품이 진열된다. 그렇게 올해도 앞으로 조금 남았다는 기분이 들게 되는 거지.

"뭐, 크리스마스 상품은 녹색이 들어가서 그나마 눈이 편하지만."

"아사무라 군, 이벤트를 보는 방식이 재밌네."

"그런, 가?"

"매장의 색 구성으로 이벤트를 평가하는 사람, 별로 본 적 없어."

관심이 없다는 게 잘 드러난다고 할 수도 있지 않나?

입구 옆의 한정 상품 선반을 지나서 나와 아야세 양은

장을 보기 시작했다.

슈퍼의 상품 배치 따위는 어디든 비슷하다고 생각하지만, 어떻게 돌아보는지는 손님마다 개성이 드러난다. 그건 서점도 마찬가지다. 설령 가게가 표준적인 손님의 회유 경로를 설정해도 예외는 언제나 생긴다.

"집에 소모품 부족한 거 있어?"

카트에 장바구니를 올리고 있던 나에게 아야세 양이 물었다.

몇 번인가 같이 장을 봐서 알게 됐는데, 아야세 양은 장을 보는 순서를 처음에 전부 정하려고 한다. 아마도 효율적으로 돌아보고 싶은 거겠지. 목표를 정해서 최단거리로 달성하고 싶은 성격이라고 해야 하나.

옷을 사러 갔을 때도 그랬지. 머릿속에서 마치 처음부터 지나갈 루트를 정해둔 것 같았다. 망설임 없이 목적한 장소에 가서 다음으로 갔었어.

"어디 보자…… 부족할 것 같은 게……."

나는 기억을 훑어서 집에 모자란 것이 있는지 체크했다.

소모품이라.

화장지나 박스 티슈는 아직 충분히 남아 있다. 쓰레기용 반투명한 비닐봉지도 포장을 안 뜯은 게 아직 있을 거야. 세제나 유연제 같은 것도 남아 있고.

아야세 양이 말했다.

"지금은 부족한 게 없는 것 같았는데."

"기억하는 범위에서는, 괜찮을 거라고 나도 생각해."

요 며칠 생활하면서 딱히 난처했던 기억이 없다— 그렇구나, 이럴 때를 위해서 부족한 게 느껴지면 메모를 해두는게 좋겠다. 종이 메모장을 가지고 다니는 건 귀찮지만, 요즘 시대는 스마트폰에 말만 하면 기록할 수 있다.

"조미료도…… 아, 미림이 곧 떨어지겠어. 그리고 후추는 있지만, 검은 통후추가 곧 떨어질 것 같아."

"그런 것도 사갈까?"

"응. 좋아."

그렇게 말하고 아야세 양이 성큼성큼 걸어가서, 나는 그 뒤를 따르며 카트를 밀었다.

야채 코너 앞을 지나면서, 아야세 양은 진열되어 있는 상품들의 가격을 체크하고 있었다.

아, 싸다, 라거나. 조금 비싸~라거나. 무를 보거나 양배추를 보거나 할 때마다 작은 소리로 중얼거렸다.

"전체적으로 조금 푸른 야채가 비싸."

"그렇구나."

푸른 야채라는 건 이름 그대로 야채들 중에서 시금치나 대파처럼 녹색 잎을 가진 것이다. 그건 알고 있지만, 비싼지 아닌지는 평소부터 가격을 신경 쓰지 않으면 모른다.

"어제보다, 20엔 정도 비싸."

"용케 기억하네."

"그래? 보통이라고 생각하는데."

그저 감탄밖에 안 나온다. 나는 어제의 가격 따위 기억 못하거든. 그보다도, 애당초 야채의 가격을 매일 체크하는 습관이 없었다.

자연스럽게 가격을 확인하기만 하고 야채 코너 앞을 지나간다. 그 다음에 있는 게 고기 코너로 여기도 닭, 돼지, 소의 순서로 진열되어 있다. 더욱이 그 앞이 생선 코너인데, 아야세 양은 가격을 살피면서도 손으로 집지는 않았다.

"안 사?"

"아직 메뉴를 못 정했어. 혼자였으면 내일 먹을 것만 정해버릴 수도 있지만, 오늘은 둘이서 들고 갈 수 있으니까, 며칠 분량을 사버릴까 해서."

짐꾼이 늘어났으니 선택지도 늘어났다는 거구나.

"그런 거라면 알았어."

"미안. 조금 무거워질지도 몰라."

"언제나 만들어주고 있잖아. 이 정도는 말해주면 언제든지 도울게."

그렇게 말하자, 아야세 양이 작게 고마워, 라고 중얼거렸다. 조금 쑥스러운 기색의 옆모습을 보고, 정말로 언제나 도울 거라고 새삼 생각했다. 어쩐지, 둘이서 의논하며 장을 보는 것도 좋네, 라고 조금 생각했다.

"응. 정했어. 그러면 닭고기랑 야채를 조금 사자. 그 전에, 이제 곧 떨어질 것 같은 조미료도."

"알았어."

분명히, 미림과 검은 통후추였지.

자, 미림은 어디 있지?

"저기. 간장이나 소스라는 조미료 태그가 보여."

가리킨 쪽으로 발길을 옮겼다.

미림의 병을 손에 집고서, 문득 생각에 잠긴 아야세 양이 그것을 선반에 돌려놓았다. 의아하게 생각했는데, 그 아래쪽에 있는 한 사이즈 커다란 걸 집어 바구니에 넣었다.

"이거면 돼?"

"아, 응. 요즘, 줄어드는 게 빠르다고 생각했어. 가만 생각해 보니까, 사용하는 양이 배가 됐잖아. 그래서 이걸로 하려고."

"그렇구나……. 아야세 양의 집은 몇 개월 전까지 절반의 양이면 충분했었네."

"예전 기준으로 장을 보고 있었는데, 이제 슬슬 익숙해져야지."

"그럼, 다음은 후추네."

반대쪽 선반에서 소금이나 설탕, 후추 따위를 팔고 있었다. 가장 위쪽 선반에서 찾고 있던 후추를 발견한 나는 아야세 양에게 확인하고 장바구니에 넣었다.

또 한 번 고기와 야채 코너를 돌며 아야세 양은 닭가슴살과 야채를 이것저것 카트에 넣었다. 계산대로 가려다가 문득 멈춰 섰다.

"꽤 싸졌네."

"응? ……호박?"

"그래. 싸졌으니까, 사볼까 해서."

계산대 근처의 특매 코너다. 핼러윈에 맞추어 팔고 싶은 건지 호박이 대량으로 놓여 있고 가격이 싸다는 POP가 붙어 있었다. 그렇지만 팔고 있는 건 당연히 껍질이 녹색인 일본의 호박이라, 핼러윈 요소는 전혀 없었다.

"통째로 하나면 많지만, 절반이라면 먹을 수 있을까……. 들 수 있어?"

2분의 1 사이즈로 커팅된 호박을 선반에서 들어봤다. 가볍지는 않지만, 무겁다, 라고 할 정도도 아니다.

"괜찮아. 자전거 바구니에 넣고 갈 거니까."

계산대에 서서, 슈퍼의 앱에 포인트를 적립하고서 계산을 마쳤다.

가게를 나설 무렵에는 이미 밤이 깊어졌다.

돌아가는 길, 시부야의 센터 거리를 지날 때 분장을 하고서 걷는 집단을 보았다.

아직 핼러윈 당일까지는 이틀이나 남았는데, 성질 급한 사람들이다. 그건 좋은데, 길에 쭉 퍼져서 다니면 참으로 민폐다. 부딪힐 것 같아 고생했다.

정말이지. 이쪽은 자전거에 무거운 짐을 싣고 있는데.

귀가하자 밤 9시를 넘고 있었다.

"오늘 반찬은 이미 다 해뒀으니까 데울게."

"고마워. 하지만, 그 정도는 스스로 할 수 있어. 공부 시간 줄어들잖아."

"괜찮아. 요리의 틈새 시간도 활용하고 있으니까."

주머니에서 작은 영단어장을 꺼내, 입가를 자신만만한 형태로 만들었다.

미소, 라고 부를 만큼 알기 쉬운 변화는 아니었지만, 그녀의 조금 어린애 같은 태도가 신선하다. 평소와 갭이 있어서 무심코 웃을 것 같았다.

우스워서 웃는 건 실례일 것 같아서, 느슨해질 것 같은 얼굴을 감추듯 냉장고를 열고 사온 것들을 안에 넣었다.

아야세 양이 전자레인지로 데우기 시작한 무언가의 향기가, 물씬 코를 쓰다듬었다.

"좋은 냄새. 그거 뭐야?"

"데리야끼 치킨. 조금만 기다려."

그 전의 야채 담기와 된장국 데우기도 돕지 못하게 해서, 나는 싱크대에 쌓여 있던 그릇을 씻기로 했다.

저녁 식사 시간대에 집에 있던 아버지랑 아야세 양이 먼저 저녁을 먹은 거겠지. 세제를 풀어 두 사람 분량의 식기를 씻었다.

"앗."

"응? 왜 그래?"

거품투성이의 내 손을 아야세 양이 가만~히 바라보았다.

"그냥 둬도 되는데."

"아냐, 너무 전부 다 하려고 하잖아. 이쪽이 해줄 수 있는 게 적으니까, 이 정도는 해야지."

"해줄 게 없단, 말이지. ……전혀, 안 그런걸."

"그렇잖아."

"아니야. 내가 눈치 못 챈 줄 알았어? 아사무라 군, 가계를 지탱할 수 있게 되려고 노력하는 거잖아."

"엇……."

나는 갬블러는 못하겠다, 라고 생각했다. 왜냐면 이렇게 알기 쉽도록 얼굴에 드러나 버리니까.

"지금 소개할 수 있는 고액 알바가 없으니까. 하다못해 언제든지 나랑 가족을 도울 수 있도록…… 학원을 늘린 것도, 선행투자와 밸런스를 생각하고 정한 거지? 수업료를 지불해도 이익이 나올 수 있게."

"굉장하네. ……뭐든 다 아는구나."

"학원을 늘린 시기를 생각해 보면, 그야 뭐. 그리고—."

국자로 뜬 된장국을 그릇에 한 방울 떨어뜨리고, 한 입

마셔서 확인하고 고개를 끄덕이더니 그녀가 말을 이었다.

"아사무라 군을, 생각하고 있으니까. 그런 거, 눈치채게 되거든."

"……윽."

갑자기 땀이 확 솟은 것은, 전자레인지와 화로 탓일까?

그릇을 씻는 손에 물이 쏟아지는데도 전혀 차가움을 느낄 수가 없다. 나는 내심 집중, 집중이라고 되뇌며 하염없이 거품을 씻어냈다.

곁눈질로 흘깃 아야세 양을 살피자, 그녀도 고개를 돌리고 있어서 무슨 생각을 하는지 읽어낼 수 없었다.

그때, 문이 열리는 소리가 들려서 무심코 등을 쭉 뻗었다.

아버지가 졸린 기색으로 하품을 하면서 다가오더니, 부엌에 얼굴을 보이고 세면장으로 사라졌다. 덤으로 다시 데운 치킨 한 조각을 재빨리 훔쳐먹었다.

양치를 이미 했을 텐데도 먹고 싶었습니까, 아버지. 아버지는 맛있다, 하면서 표정을 풀며 싱글벙글 웃었다.

이상한 분위기를 눈치 못 채도록 긴장한 탓인지, 탓할 타이밍을 놓쳤다. 정말이지, 아버지.

돌아오는 게 늦어진 나만의 저녁 식사는, 된장국에 밥, 메인 반찬이 닭고기 데리야끼다. 샐러드와 별개로 상추 잎을 커다란 그대로 그릇에 담아두었다. 치킨을 상추로 감싸 먹어도 좋다고 한다.

저녁을 먹고, 느긋한 시간.

식탁에서 차를 마셔 위를 진정시키면서, 마주 앉은 아야세 양과 대화했다.

화제는, 오늘 장을 보면서 돌아올 때 마주친 분장 그룹에 대해서.

당일도 아닌데 이 정도 성황이면 당일은 어떻게 되려는지. 31일에 알바를 잡은 건 실수였을까, 둘이서 새삼 후회했다.

"여태 핼러윈에 돌아다니질 않아서 신경을 안 썼어."

아야세 양의 말에 나도 수긍했다.

"상당히 복잡하겠어. 벌써 혼잡해지기 시작했으니."

"분장한 채 가게에 들어오는 사람도 있을 거야."

"그래도 서점 직원이 하는 일은 변함이 없으니까. 뭐, 좀비 분장을 하면 깜짝 놀랄지도 모르겠네. ……아야세 양은 무서운 거 껄끄러워?"

"……그다지 익숙하진 않아."

아야세 양이 이어 말했다.

"하지만, 아사무라 군이랑 같이 있으면 괜찮을 것 같아."

그러면, 둘이 같은 날 알바를 잡길 잘했네.

## ●10월 29일 (목요일) 아야세 사키

핼러윈 이틀 전. 아침 조례 시간에 프린트를 한 장 받았다.

『자원봉사 모집』.

그런 타이틀이 가장 위에 적혀 있었다. 핼러윈 다음날 아침의 쓰레기 줍기 자원봉사 전단지. 매년 인파가 넘쳐서 짜증나는데, 쓰레기 줍기까지 시키는 거야?

그러고 보니, 요미우리 선배랑 1주일 정도 전에 핼러윈 이야기를 했었지.

선배는, 기왕이니까 분장도 해보면 어떻겠냐고 했었다.

고양이 귀를 달면 귀여울 거라고 하기에 「정말로?」 하고 한순간이나마 생각했다.

내 「무장」은 귀여움을 노리지 않았다.

꾸미는 것과 귀여운 것은, 겹치는 부분도 있지만 같진 않다. 지금까지 귀여움에 신경 쓰지 않은 것은, 귀엽다는 말을 듣고 싶은 상대가 없었으니까.

아니…… 초등학생 때 정도는 엄마한테 듣고서 기뻤던 기억이 있다.

하지만, 그 정도 나이의 아이일 때 「귀엽다」라는 말의 의미를 이해하고 있었던 것 같지는 않다. 「멋지다」라거나 「예쁘다」든지 「잘 꾸몄네」든지, 뭐든지 좋았을 거야. 부모가

해주는 말의 의미보다도, 어린애는 자기가 긍정되는 것에 민감하니까.

—아버지는, 달랐다.

엄마가 골라준 옷을 입고 주변에서 「귀엽다」라고 칭찬을 받을 때마다, 아버지는 기분이 틀어졌다.

내 용모를 칭찬해줘도, 내 성적이 올라도— 다시 말해서 주변에서 나를 띄워주면 띄워줄수록 아버지는 그것을 긍정해주지 않았다.

「너도 그 녀석처럼 나를 괴롭게 만들겠지.」

그런 저주 같은 말을 듣고, 내가 어떻게 「귀엽다」를 긍정할 수 있을까?

그래도 내가 옷을 고르고 화장을 배우게 된 것은, 세상에 홀로서기를 하기 위해서는 틈을 만들고 싶지 않다고 생각했기 때문이다. 인기를 끌고 싶었기 때문은 아니다.

하지만—.

"사키~."

마아야의 목소리에 나는 고개를 들었다.

멍하니 생각에 잠겨 있는 사이 조례를 마친 담임이 교실에서 나가는 참이었다. 교대하듯 자리에서 일어선 마아야가 다가왔다.

"마아야, 수업 시작하잖아."

"훗훗후~. 트릭 오어 트리트! 과자 주세요!"

"그래그래. 장난쳐도 되니까, 과자 안 줘."
눈을 깜박인 마아야는, 다음 순간에 벙긋이 미소를 지었다.
"그러면 고양이 귀 메이드복을 입혀서, 노래방에서 아이돌 송 댄스까지 추면서 노래를 시켜야지."
"그것도 안 해."
애당초 그건 나에 대한 장난이 아니고, 나로 장난을 치려는 거 아냐?
"뭐, 농담은 제쳐두고~. 올해 핼러윈은 토요일이잖아?"
"그렇지."
"그래서, 당일에 반 애들이 모여서 노래방 파티를 하려고 하는데!"
"아, 미안. 알바 가야 해."
"우정이랑 알바, 어느 쪽이 중요해!"
"알바."
비교할 것도 없잖니. 그리고 일이잖아.
"그야 그렇지."
"그래요."
"응. 알았어. 알바, 열심히 해. 다른 애들한테는 이번엔 결석이라고 말해둘게."
"다른 애들?"
음. 다른 애들이라니?
"그야 우리 반 다른 애들이지. 사키도 문화제 준비 열심히 해줬잖아."

"아아…… 그랬나."

당일에 웨이트리스를 하는 것보다는 낫다고 생각했었지.

"수수한 잔 작업을 불평 없이 해줬으니까. 다들 고맙게 생각하고 있어."

"딱히. 할 수 있는 일을 했을 뿐이야."

설마 그걸 호평해줬다는 걸 지금 알았을 정도니까.

그렇다면, 다들 웨이트리스를 하고 싶었던 거구나……. 그 코스프레 의상을 입고서, 「주인님, 어서오세요냥!」이라고 말하고 싶었어?

……거짓말이지?

그러고 보니, 아사무라 군의 친구인 마루 군……이었지? 모든 컨셉 카페를 제패한다고 했었지. 달성했을까? 남자들은 그런 차림이 역시 귀엽게 보이는 걸까?

내가 입어도, 그렇게 말해줬을까? 아사무라 군…….

"또 아사무라 군 생각했지?"

"어? 무슨 말이야?"

후훗, 하고 살짝 웃음을 지은 마아야가 자기 자리로 돌아갔다.

요즘 내 머릿속을 읽히는 것 같아 무서워.

방과 후.

알바도 없어서 얼른 귀가하여 숙제를 정리하고 있는데, 문득 아사무라 군이 오늘은 학원에 간다는 걸 떠올렸다.

학원에는 그가 친하게 지낸다는 여자애가 있었을 거야.

그 애랑 책상에 나란히 앉아 수업을 받기도 하는 걸까?

갑자기 아사무라 군을 만나고 싶어졌다. ……그 애는 아사무라 군의 옆모습을 계속 볼 수 있으니까.

아아, 정말 한심한 감정이야.

그가 열심히 학원에 다니는 이유를, 나는 어렴풋이나마 알고 있는데……. 이런 괜한 잡념을 품다니, 그에게 실례다.

매일 요리를 만들어주는 대신에 내 고액 알바를 찾아준다. 그것이 처음에 나눈 거래 내용이었다. 나는 딱히 그 약속이 시간이 흘러 무효가 되어도 괜찮다고 생각했는데, 그 아사무라 군이 약속을 가볍게 여길 리가 없어.

그는 자기 나름대로 매일 요리에 걸맞은 무언가를 나에게 주려 하고 있을 거야. 그렇다면 여름방학이 끝난 뒤에 명확하게 학원 수업을 늘린 것도, 분명히 장래를 바라보며 하는 일이다. 나에 대한「신용의 변제계획」의 일환일 거라는 걸 금방 깨달았다.

실제로 아사무라 군의 성적은 계속 오르고 있다. 학원에서 여자 사람 친구가 생겼다고 해서 놀고 있는 게 아니란 것은, 그 결과만 봐도 명백했다.

이성으로는 그렇게 생각하면서도 내 마음속에는 꾸물꾸물한 마음이 도무지 사라질 줄 모른다.

LINE을 열고, 그에게 메시지를 보냈다.

『끝나면, 같이 슈퍼에 장 보러 가지 않을래? 내일 아침 식사 재료, 사두고 싶어서.』

이런 말을 갑자기 꺼내면 이상하게 생각하지 않을까 불안했다. 평소에는 있는 걸로 뭘 만들까 궁리를 하는데, 일부러 이렇게 늦은 시간에 장을 보러 가자니 너무 부자연스럽지 않을까?

그렇지만, 곧바로 수업이 끝나는 시간과 함께, 학원 앞에서 만나자는 대답이 돌아왔다.

마음속으로 안도의 숨을 내쉬었다.

헤드폰을 다시 썼다. 그러자마자 고막으로 흘러들어오는 것은, 물속을 떠도는 노이즈가 섞인 상냥한 소리. 로우파이 힙합에 마음을 맡기자, 천천히 집중력이 돌아온다.

좋아. 기합을 넣고서, 나는 휴대전화 타이머를 25분으로 세트했다.

천천히 눈앞의 노트에 초점을 맞춘다. 물속에 가라앉는 것처럼, 자신에게 들러붙은 잡념을 내쳤다.

귓가에 울려 퍼지고 있던 음악마저 차츰 멀어지고…….

문제 7을 풀었을 즈음, 삐삐삐 울려 퍼지는 전자음에 집중이 무너져서, 한껏 커다란 숨을 내쉬었다. 좋아. 휴식. 나는 타이머를 5분으로 세트하고, 긴장된 몸에서 힘을 뺐다.

이건 최근에 새롭게 시작한 집중법이다. 뽀모도로 기법. 25분 정도 집중하고, 5분 정도 휴식을 몇 번인가 반복하는 것.

처음에는 집중시간이 너무 짧지 않을까? 아무것도 못 하지 않을까? 그렇게 생각했지만, 막상 해보니 이 정도의 시간이라도 문제없이 작업에 몰두할 수 있다.

인간은 마감을 설정해야 비로소 그걸 향해 전력을 낼 수 있다고 한다. 25분이라는 극히 짧은 마감을 설정하고, 몇 번씩 반복하여 언제나 마감에 몰려 있는 뇌의 상태로 작업을 하는 원리라고 한다.

물론 집중시간은 개인차도 있겠지만, 나는 지금 이 방식이 잘 되고 있다. 다음에 아사무라 군한테도 가르쳐줄 생각이다. 하지만 아사무라 군은, 또 자기가 낼 대가가 균형이 안 맞게 된다, 라거나 어쩌면 그럴지도 몰라.

또 한 세트 반복한 참에 슬슬 저녁 식사 준비가 필요한 시간이 됐다.

공부하던 손을 멈추고 작은 영단어장만 들고서, 부엌으로.

오늘은 저녁 시간에 집에 있을 사람은, 나 말고는 새아버지뿐이다. 아사무라 군은 학원에 가느라 늦게 돌아올 거고 엄마도 안 머는 날이다.

오늘 저녁은 된장국에 데리야끼 치킨. 수고가 안 드니까 금방 할 수 있어.

마침 저녁 식사 준비가 됐을 무렵에 현관문이 열리는 소리가 났다.

새아버지가 돌아왔다.

"다녀왔다. 어, 좋은 냄새가 나네."

"데리야끼 치킨이에요. 지금 막 다 됐는데, 바로 드실래요?"

"그렇구나. 그러면 부탁해도 될까?"

"네."

새아버지가 안방에 들어가 옷을 갈아입는 사이에, 나는 식사 준비를 마치고 두 사람 분량의 요리를 식탁에 놓았다.

그리고 아버지와 딸, 두 사람의 식사 시간이 됐다.

엄마가 재혼한 뒤에 몇 번인가 이런 때가 있었다. 엄마도 아사무라 군도 집에 없고, 새아버지랑 나만 있는 상황. 친아버지 일이 있어서, 처음에는 대단히 긴장했다. 아마, 태도에서도 가시를 감추지 못했을 거라고 생각한다.

나이 찬 여자애가 갑자기 딸이 됐으니까, 거리감을 재는 데도 분명히 고생했을 거야. 그건 아사무라 군하고는 또 다른, 커뮤니케이션의 어색함에서 짐작할 수 있었다. 엄마한테 옛날 가정환경 이야기를 들었을지도 몰라.

나에게 상처를 주지 않도록, 무서워하지 않도록, 세심한 주의를 기울여준 것을 기억한다.

지금은 아무 문제 없이 지내고 있다. 나도 새아버지에게는 아사무라 군과 마찬가지로 감사하고 있다.

다만 솔직히 말하면, 역시 어른 남성이라는 부분에서 무조건 신뢰를 할 마음을 먹지 못하는 자신도 있었다.

새아버지에게 나쁜 부분이 있는 게 아냐. 그저 어린 시절의 기억 탓에 생기는, 반사적인 반응 같은 거다.

핼러윈의 계절이 다가오는 것도, 어린 시절 자신의 기억을 떠올리기 쉬워지는 이유일지도 몰라.

평소에는 안 꺼내는 화제가 자연스럽게 입에서 나왔다.

"새아버지는, 엄마의 어떤 부분이 싫은가요?"

"어!? ……콜록, 콜록!"

전혀 의식하지 못한 질문이었겠지. 새아버지가 사레가 들려 치킨 조각을 흘렸다.

떨어진 곳이 그릇 위라 다행이야.

"갑작스럽구나. 게다가 싫은 부분, 이란 말이지. 보통 반대 아니니?"

"좋아하는 부분이 잔뜩 있다는 건, 평소 두 사람을 보면 아니까요."

미소를 섞어서 대답하고, 나는 말을 이었다.

"결혼이라는 건, 좋아하는 부분만 보면 오래 못 갈 거라고 생각하거든요. 인간은, 함께 지내면 반드시 상대의 마음에 안 드는 부분도 나오게 되니까요. ……같이 살게 된 지 몇 개월 지났으니, 이제 뭔가 있는 게 아닐까 해서."

“흠. 그렇구나.”

새아버지는 티슈로 입가를 닦으면서 잠시 생각에 잠겼다.

조금 긴장했다.

너무 파고든 질문이 아닐까?

하지만 내가 지금 부모님에게 바라는 건, 전과 달리 행복한 결혼생활이다. 엄마에 대한 불만을 품어 키운 친아버지와 같은 전철을 밟는 것은 절대 사양하고 싶으니까. 만약 지금 조금이라도 새아버지에 대해 알게 되면, 비극을 예방할 수 있을지도 몰라.

“싫다고 할 정도는 아니지만, 굳이 불만 같은 걸 말하자면, 그렇구나……. 똑 부러지는 것처럼 보이지만, 평소에 생각보다 칠칠치 못한 점이라든가.”

“분명히, 그런 면이 있네요.”

“내가 조금 유우타한테 엄격하게 대하면, 나중에 몰래 뭐라고 한다든가.”

“흐음~.”

뜻밖이네.

아사무라 군의 교육에 대해, 부모님이 대화하는 모습 따위 상상도 못 했다.

분명히 나에 대해서도, 그런 이야기를 하고 있을 거야.

“그리고, 일에 대한 불평이 좀 길어.”

“어. 엄마가, 그런 불평 같은 거 해요?”

"가~끔, 이지만 말이야. 하지만 막상 시작되면 한 번이 길거든."

"몰랐어요……."

계속 함께 살았는데. 어째서 그런 일면을 나에게 보여주지 않은 걸까?

"직장이 좀 비싼, 술을 제공하는 가게니까 말이야. 손님에 대한 불평도, 꽤 징그러운 게 많아서. 사키에게는 들려주고 싶지 않았을 거야. 나랑 살기 전에는, 직장 사람에게 투덜거리는 일이 많았나 봐."

아아, 돌아오는 게 특히 늦어지는 날이 있었던 건 그런 거였구나.

친아버지가 불신감을 품은 이유 중 하나는, 엄마의 귀가 시간이 일정하지 않았던 것이었다고 들었다. 그래서, 바람피운다고 의심을 했다고.

하지만 실제로는, 친아버지가 더 어머니의 정신적 피로를 받아줄 수 있었다면, 직장에서 불평할 필요도 없고 돌아오는 시간이 안정됐을 거야. 달걀이 먼저인가 닭이 먼저인가, 이제는 확인할 길이 없지만.

"저기…… 혹시 엄마의 불평이 싫으면, 저한테 넘겨주세요. 제가 들을 테니까요."

무심코 앞으로 나서서, 내가 그렇게 말했다.

지금은 아직 사소한 불만이지만 부풀게 되어 불행해진다

면, 여기서 막아내야 한다고 생각했다.

새아버지는 내 얼굴을 잠시 멍하니 본 다음, 키득, 하고 상냥하게 웃었다.

"아하하, 괜찮아. 걱정 안 해도 돼, 사키."

"하지만……."

"그러니까, 분명히 아키코 씨에게도 글러먹은 부분이 있어. 하지만 내 글러먹은 부분이랑 비교하면 귀여운 수준이지."

"어?"

"칠칠치 못한 건 질 생각이 안 들고, 사키가 아키코 씨에게 혼나면 더 상냥하게 대해주자고 참견을 안 할 수가 없고, 불평도 잔뜩 하니까. 서로 비겼다고 생각하면, 나쁜 부분을 탓할 생각 따위 안 들어."

명랑하게 잘라 말한 그 눈은 아사무라 군과 닮아서 상냥하고, 다른 뜻이 없는 진심이라는 걸 확신할 수 있었다.

"그리고 말이야. 나도, 아키코 씨도, 전에…… 여러모로 있었으니까 그런 거라고 생각하는데."

"……네."

"싫은 부분도 아울러서 받아들일 수 있기에 가능한 결혼생활이라고, 그렇게 생각한다."

"싫은 부분도……."

눈이 뜨이는 기분이었다.

정말로, 이 사람이라면 안심하고 엄마를 맡길 수 있을지 모른다.

거기에, 엄마만 그런 게 아니고.

"예를 들어, 말인데요. 저랑 오빠가, 터무니없는 불량아가 되어버린다고 해도요? 나쁜 부분을 받아들이고, 가족이 될 수 있나요?"

"물론."

즉답이었다.

"……그런데, 뭐니. 불량아를 동경하게 된 거니?"

"앗, 아뇨. 전혀. 그냥 예를 들어서."

"법을 어기지만 않는다면…… 아니, 그게 아니네. 설령 법을 어겨도, 물론 제대로 된 벌을 받는 게 대전제고, 가족이라는 것을 부정하지는 않아. 절대로."

"그렇……군요."

—저, 아사무라 군을 좋아하는 것 같아요. 여동생으로서가 아니라, 아마도, 한 명의 남성으로서.

그 결정적인 말은 아무래도 꺼낼 수 없었지만, 만약 예를 들어서 말했다고 해도 새아버지라면 흔쾌히 받아들여 주지 않았을까 생각했다.

그날처럼 끌어안거나, 이케부쿠로에서 본 커플처럼…… 아니, 아무리 그래도 남들 앞에서는 싫어. 단둘일 때, 키스를 하거나. 그런, 당연한 남녀의 접촉을 아사무라 군과 하고 싶다는 악마의 속삭임에, 몸을 맡겨도 될까?

……그건, 사고가 너무 비약적이다. 논리가 파탄 났다.

나랑 새아버지의 대화는, 어느 쪽이랄 것 없이 말이 없어지고 유야무야하게 종료됐다.

깨닫고 보니 아사무라 군과 만날 시간이 다가오고 있었다.

"장보기 다녀올게요."

"지금부터 가는 거니? 늦은 시간인데."

"괜찮아요. 오빠랑 만나서 갈 거니까."

"그렇지만 아무리 그래도 이런 시간에, 여자애 혼자 밖에 나가는 건……."

"번화가를 우회해서, 비교적 치안이 나쁜 길을 피해서 갈 거니까요. 괜찮아요. 엄마랑 둘이 살 때는, 폐점 직전의 세일 상품을 노려서 혼자 장을 보러 가는 일도 자주 있었어요."

"으음~. 그럼 괜찮지만."

납득은 못한 것 같지만, 어떻게든 외출 허가를 받았다.

미안해요, 새아버지. 역시 그만두자는 생각은 도저히 안 들었어요.

이야기를 하다 보니, 점점 더 아사무라 군을 만나고 싶어졌다.

나는 20시 정각에 집을 나섰다.

학원 건물에 도착하여, 시각을 확인. 수업 종료를 재서

송신했다.

『학원 앞에 도착했어.』

가로등 기둥에 등을 기대고, 나는 휴대전화로 인터넷에 접속했다.

온라인으로 수험을 위한 교재를 읽으면서, 힐끔거리며 학원 입구에 시선을 보내고 있었다.

우연히 시선을 보냈을 때, 굉장히 키가 큰 여자애가 나왔다.

눈길을 빼앗겨 버렸다. 어쩜 저렇게 스타일이 좋지? 모델 같다. 허리 위치도 높다.

무의식중에 시선이 그녀의 전신을 추적해 버렸다.

몸의 선이 가려지는 니트 스웨터에, 허리부터는 스커트가 아니라 스키니 진즈를 입고 있었다. 굳이 수수한 차림을 하고 있는 게 아닐까? 그렇게 생각한 것은, 상의가 돌려 입기를 전제로 하는 옷이란 것과, 위에 걸치고 있는 파카의 색이 확실하게 트렌드를 의식한 것이었기 때문이다.

저러면서 다리를 드러낸 패션이었다면 남자들 눈길을 독차지했을 거야.

"아니아니, 그런 눈으로 보면 실례잖아."

작은 소리로 자신에게 스스로 태클을 걸었다.

하아, 숨을 내쉬고 다시 휴대전화로 눈길을 내리려다가, 시선을 입구로 되돌렸다.

건물의 불빛 속에서 걸어 나오는, 익숙한 검은 실루엣.
아사무라 군이다.
불빛 아래로 드러난 얼굴을 보고, 틀림없다는 것에 묘하게 안도해 버렸다.
그대로 맨션까지 돌아가는 길에 있는 슈퍼에 들렀다.
장을 보면서도 아사무라 군의 플랫함을 보고, 그것이 누구에 대해서든 향하는 상냥함이라는 걸 깨달았다.
그 스스로는 자각하지 못하는 것 같지만. 선반의 높은 곳에 있던 통후추를, 먼저 발돋움해서 「이거?」라고 물어보고 집어주거나 시식 아주머니랑 대화할 때도 결코 잘난 태도를 취하지 않는다.
편견이나 선입관으로 남에 대한 태도를 바꾸지 않도록 하자. 그건 나도 생각하는 것이지만, 나는 아사무라 군 정도로 남에게 붙임성 있는 태도를 보일 수가 없다. 친밀해 보이는 분위기를 풍기는 게 서투르다고 해야 할까…….
친아버지의 거친 태도를 봤기 때문일까?
그것보다는 낫다, 에서 멈춰있는 것 같기도 하다.
장보기를 마치고 시부야의 센터 거리를 지날 때, 아직 핼러윈이 시작되지도 않았는데 이미 분장을 하고 걷는 사람들이 잔뜩 있었다.
어깨가 닿을 것 같은 길을 걷고 있으면 인파에 취할 것 같아서, 새삼 남들과의 거리를 좁히지 못하는 자신의 성격을 실감해 버렸다.

얼굴을 붉히고 비틀거리며 걷는 사람들도 많아서, 스치듯이 지나기만 해도 술 냄새가 코를 찌른다.

비틀거린 남자 한 명과 부딪힐 뻔했을 때, 아사무라 군이 중간에 끼어들어 막아주었다.

그렇게 살며시 인파가 적은 쪽으로 진로를 바꿔준다.

장을 본 짐을 바구니에 넣고 자전거를 밀면서 걷는 아사무라 군을 곁눈질로 바라보면서, 나는 생각했다.

이럴 때, 손을 잡고 싶다고 느낀다면, 솔직하게 말하는 게 좋을까?

또 한 걸음 앞으로 나서지 못한 것은, 그의 손이 자전거의 핸들을 단단히 쥐고 있어서 빈손이 없었기 때문이었다.

다행인지 불행인지, 알 수가 없어.

귀가하자, 밤 9시가 지나 있었다.

아사무라 군을 위해 만들어둔 반찬을 다시 데운다.

학원 다녀오느라 지쳤을 테니까 아무것도 안 해도 되는데, 아사무라 군은 솔선해서 새아버지랑 내가 먹은 그릇 설거지를 하고 있었다.

"그냥 둬도 되는데."

"아냐, 너무 전부 다 하려고 하잖아. 이쪽이 해줄 수 있는 게 적으니까, 이 정도는 해야지."

그 말을 듣고, 나는 자연스럽게 대답했다.

"해줄 게 없단, 말이지. ……전혀, 안 그런걸."

평소라면 말 안 했다.

나한테 아무 말 없이 행동하고 있다면, 아사무라 군은 분명 지금 시점에서 은혜를 베푸는 것처럼 생각되기 싫다는 걸 거야. 정말로 나를 도울 수 있게 되면, 그때 비로소 밝힐 셈이겠지.

군이 말을 않는다.

어쩌면 아사무라 군의 자존심이 상할지도 모르는 한 마디일 수 있다. 그렇지만 또 한 걸음만 다가서서 미움받을지도 모르지만, 내 진심이라는 것을 드러내고 싶었다.

"아니야. 내가 눈치 못 챈 줄 알았어? 아사무라 군, 가계를 지탱할 수 있게 되려고 노력하는 거잖아."

"엇……."

"지금 소개할 수 있는 고액 알바가 없으니까. 하다못해 언제든지 나랑 가족을 도울 수 있도록…… 학원을 늘린 것도, 선행투자와 밸런스를 생각하고 정한 거지? 수업료를 지불해도 이익이 나올 수 있게."

"굉장하네. ……뭐든 다 아는구나."

"학원을 늘린 시기를 생각해 보면, 그야 뭐. 그리고—."

긴장해서 목이 말랐다.

된장국을 다시 데우는 걸 핑계로, 온도를 확인하는 척하면서 된장국을 한 모금 먹었다. 아직 조금 미지근하다.

자, 말하자.

내 솔직한 마음을, 조금만 더 드러내 보자.

"아사무라 군을, 생각하고 있으니까. 그런 거, 눈치채게 되거든."

갑자기 땀이 솟아 나온 것은, 전자레인지와 화로 탓일까?

그날, 그의 몸을 끌어안았을 때 느끼고 처음 느끼는 감각이었다.

그날 이후로, 나는 호의를 노골적으로 말한 적도 없었고 닿고 싶다고 어필하지도 않았다.

그에게 내 바람을 강요하는 게 싫어서, 그가 정말로 바랄 때가 아니면 그런 마음을 말하지 않으리라 생각하고 있었다.

특별히 사이가 좋은 남매라는 애매한 관계는, 참고가 되는 남녀의 형태가 너무나도 없다. 언제, 어디서, 얼마나 파고들어도 되는지, 알 수 없었으니까.

힐끔 아사무라 군의 얼굴을 살폈다. 일사불란하게 그릇을 닦고 있었다. 혹시 안 들렸을까?

그렇다면, 부끄러운 말이 완전히 헛돌게 된다.

갑자기 쑥스러움이 피와 함께 머리까지 올라와서, 나는 고개를 돌렸다. 시야에 한가득 하얀 벽이 보여서 묘하게 차분해진다.

어쩌지. 한 번 더 다가서야 할까? 금방 돌아보며 그의 손을 쥐고, 닿고 싶다고 말을 해야 할까?

그렇게 생각하기 시작했을 때, 문이 열리는 소리가 들렸다.

이어서 새아버지가 졸린 기색으로 하품하는 소리가 들려서, 나는 등을 쭉 펴고 말았다.

—안돼. 아무리 그래도 집 안에서 당당하게 아사무라 군이랑 닿는 것은 좋지 않아. 새아버지가 아무리 좋은 사람이라도, 일에는 순서라는 게 있어.

새아버지는 부엌에 얼굴을 비추시더니 세면장으로 사라졌다. 덤으로, 다시 데운 치킨 한 조각을 재빨리 훔쳐 먹었다.

어라? 아까도 먹었는데?

그렇게 생각했지만, 맛있다. 하고 싱글벙글 웃는 표정을 보여줬을 때, 나는 깨달았다.

앗, 그렇구나. 새아버지, 걱정한 거야.

심야에 딸이 외출하는 것을 마지막까지 납득하지 못한 것 같았다. 분명히 내가 아사무라 군과 함께 돌아올 때까지, 잠들지 않고 기다린 것이리라. 이렇게 내 얼굴을 보고, 드디어 안심하고 잘 수 있는 거겠지.

내 막무가내의 대가는, 치킨 하나. 게다가 아사무라 군의 몫.

미안, 아사무라 군. 미안해요, 새아버지.

하지만 이렇게 나를 걱정하면서도, 자연스럽게 혼을 내

주는 모습에 안심이 된다.

아사무라 군과의 관계에도, 용기가 생긴다.

그런 생각이 들었다.

## ●10월 30일 (금요일) 아사무라 유우타

내일은 휴일, 더욱이 마침 핼러윈이었다.

이벤트를 앞둔 점심시간의 교실은 조금 텐션이 높았다.

축제는 전야제가 최고라는 사람도 있고, 영원히 문화제 전날이 이어지는 애니메이션도 있었다. 그래서일까? 반 아이들이 평소 이상으로 들뜬 것 같다.

그 마음을 이해 못 하진 않는다.

당일이 되면, 축제의 끝이 보이게 되니까.

그래도, 설마 반 애들이 핼러윈에 이렇게까지 들뜰 줄은 몰랐다.

어떤 분장 할래? 어디 놀러 갈래? 이런 대화가 오가고 있다.

다만 그런 교실 안에서, 내 책상 주위 30cm 이내는 이질적이었다.

"유우타, 잠깐 괜찮을까?"

"저기…… 왜 그래? 범상치 않은 분위기인데."

교실로 찾아온 신쇼가 진지한 표정으로 말을 걸었다. 평소하고 너무나 다른 모습이라서, 조금 불길한 예감이 들었다.

"잠깐 둘이서 얘기하고 싶은데. 베란다, 안 갈래?"

"나랑?"

"그래, 너랑."

"잠깐, 신죠. 너, 좋지 않은 이야기를 하려는 건 아니겠지?"

"안 해. 진지한 이야기니까 부탁할게, 토모카즈."

"흥. ……뭐, 아사무라가 좋다면, 괜찮다만."

"나는 괜찮아. 가자, 신죠."

자리에서 일어나, 먼저 베란다로 갔다. 신죠가 뒤를 따라온다.

추운 계절 탓인지 점심시간에 베란다로 나오는 학생은 거의 없었다. 저 아래 즐거운 기색으로 들뜬 학생들의 모습이 보이는 정도다. 개방적인 장소인데 비밀 이야기에 이렇게 적합한 장소도 없을 거라고 생각되니까 신기할 따름이다.

"실은 말이지."

신죠가 말을 꺼냈다.

"반에서 핼러윈 파티가 끝나면, 아야세랑 둘이서 2차를 가고 싶어."

"……어, 그렇구나."

당일은 알바가 있으니까 애당초 참가하지 못하는데, 굳이 모르는 척했다. 어디서 어떤 알바를 하고 있는지, 그런 사정을 함부로 퍼뜨리고 싶지는 않았다.

"하지만 그 전에 한 가지 확인을 해둘 게 있어."

"확인?"

"너, 아야세 좋아하지?"

어……. 그 당황이 입에서 나왔는지 아닌지 스스로도 정확히는 몰랐다.

저 아래 들떠 있는 학생들의 목소리가 멀어지고, 소리가 사라져버린 것처럼 느껴졌다.

난간을 쥔 신쵸의 손이 시야에 들어왔다. 손목의 혈관이 드러난 걸 보니, 강하게 쥐고 있는 걸 알 수 있었다. 그도 대단히 긴장하고 있는 것 같다. 그의 그 필사적인 느낌마저 드는 태도가, 나에겐 뜻밖이었다.

내가 보기에 신쵸 케이스케란 남자는 대단히 스마트하고, 흔한 표현을 빌자면 인기 있는 남자였다. 여자들에 대한 어프로치도 언제나 자신만만하고, 한 명의 상대에 고집하지 않을 거라고 생각했다.

타산을 포함해서 나와 친구가 된다. 그런 조금 경솔한 행위도, 신쵸에게는 전혀 특별할 것 없는 놀이의 범주이기 때문에 가능한 거리감일 것이다. 이렇게 마음속에서 멋대로 정하고 있었다.

그러나 그의 눈은 곧으며, 조금도 흔들림 없이 내 눈을 보고 있었다.

놀릴 생각도, 속일 생각도 없는 눈빛이다.

"남매로서?"

"알잖아. 너라면, 내가 그런 이야기를 하지 않는다는 거."

"그 질문에 대답하면, 신죠는 어떻게 할 생각이야?"

"그건 대답에 따라 다르지."

물러날 생각이 없는지, 도망칠 수 있을 것 같지 않았다.

나는 어떻게 대답하면 좋을지 알 수 없었다. 그야 그렇잖아. 서로를 좋아하는 마음이 연인으로서인지, 그게 아니면 가족애 같은 것인지, 나랑 아야세 양은 확실하게 정의하지 못하고 있으니까.

스스로도 애매한 개념을 남에게 설명할 수 있을 리 없다. 연인이나, 남매나, 그런 알기 쉬운 태그가 얼마나 편리한지 통감하는 기분이었다.

아야세 양을 좋아한다. —그걸 나는 신죠에게 지금 여기서 자신 있게 말할 수 있을까?

그날, 그녀의 방에서 끌어안았을 때 정의된 우리들의 관계는…… 어디까지나 특별하게 사이가 좋은 남매에 지나지 않는다.

신죠와 그 여동생의 관계와, 아무것도 다를 바 없을 것이다. 그런데 마치 연인이라도 된 것처럼 그녀에 대한 호의를 드러내도 되는 걸까?

……정말로, 그런가?

문득, 회전하고 있던 사고가 정지했다.

아야세 양이 어떻게 생각하는지는, 알 수 없다. 그렇지만, 나는 어떻지?

가령, 예를 들어서.

신쇼가 아야세 양을 계속 좋아하는 상태로 두는 것을, 나는 바라고 있을까? 자유롭게 데이트를 신청하려는 행위를 눈감아주고 싶다고 생각하나?

내가 아야세 양을 좋아하는지 아닌지. 그 물음은, 어쩌면 신쇼 나름대로 나에 대한 배려를 한 걸지도 모른다.

기존의 개념으로 설명할 수 없는 애매한 관계는, 나와 아야세 양 두 사람만 있는 세상이라면 얼마든지 유지할 수 있다.

그러나 이렇게 남들이 연관되면 애매한 정의는 용납되지 않는다. 흔해빠진, 공통언어로 표현할 수 있는 정의가 필요해진다.

솔직히 내가 느끼고 있는 그녀를 좋아한다는 감정이 여동생에 대한 것인지, 연인에 대한 것인지, 단정할 증거는 아무것도 없다. 하지만 거짓말이라도 괜찮으니 어느 쪽으로 정의해달라고 하면, 이쪽이 좋다, 라고 생각하는 대답이 있다.

"신쇼. 대답해도 되지만, 한 가지만 약속해줘."

"약속?"

"이건 어디까지나 나만의 대답이고, 아야세 양의 대답은 포함되지 않아. 나랑 아야세 양의 관계를 정의하는 것이 아니니까, 성급한 단정은 하지 말아줘."

“아, 아아…… 잘은 모르겠지만, 알았어.”

설령 지금 나와 아야세 양이 품고 있는 것이 연애감정이라고 해도, 그것을 대대적으로 공표하는 일은 있을 수 없다. 어디까지나 남매. 연인이 아니다. 계속 그렇게 주장하는 수밖에 없고, 애당초 아야세 양은 나를 남자친구로 인정하고 있는 게 아니다. 지금, 이 시점에서는.

그러나, 내 판단으로 말할 수 있는 것도 있다.

“다만, 적어도—.”

어떤 정의를 내야 아야세 양을 포기할 수 있다면, 자신의 감정이 그렇다고 단언하는데 망설임은 없었다.

“—나는, 아야세 양을 좋아해. 이 대답으로, 만족해주면 좋겠다.”

말하고서, 뒤늦게 납득했다.

신쵸가 포기해주길 바란다. 그것이 거짓 없는 내 마음이다. 신쵸에게 이런 식으로 생각하는 시점에서, 내 마음 깊은 부분은 아야세 양과 한 걸음 더 파고든 관계를 바라고 있는 것이 명백했다.

어떤 표정을 지을까? 신쵸의 얼굴을 살폈다. 지금까지의 인생에서 연적과 마주한 경험 따위 없었으니까, 이럴 때 어떤 태도를 취할지 예상도 못 하겠다.

화를 낼까? 슬퍼할까? 삐치는 걸까? —여러 가지 상상이 순식간에 머릿속을 스쳤지만, 답은 어느 것도 아니었다.

"그렇구나."

뉴트럴한 표정이었다.

목소리에 담긴 감정도, 처음부터 대답을 알고 있던 문제의 모범답안을 봤을 때처럼 시원스럽고, 담백했다.

"고마워, 유우타. 대답해줘서."

"응."

"그럼, 또 보자."

"응. 또 봐."

신죠가 커다랗게 몸을 뻗더니, 빙글 등을 돌리고 걸어갔다.

자기 반으로 물러가는 그의 등을 배웅한 다음, 나는 또 베란다 밖으로 눈길을 돌렸다.

내 대답을 듣고 신죠가 무슨 생각을 했는지, 행동에 어떤 변화가 있을 지는 본인이 아닌 나는 알 수 없다.

하지만 그가 말한, 고마워, 라는 말은 마음의 중심 부분에서 흘러나온 것 같았다.

분명히 나쁘게 굴러가진 않을 거라고, 낙관적인 마음이 들었다.

혹은, 이렇게 생각하는 건 아무리 그래도 너무 우쭐거리는 걸까?

아야세 양을 좋아하는 마음을 입 밖에 내서, 강해진 기분이 들고 자신이 생겼다……라고.

교실로 돌아가자 마루가 교과서에 보내고 있던 눈길을 들고, 걱정스레 물어보았다.

"무슨 얘기를 했어?"

"조금 상담을. 자세하게는 말 못 하지만, 해결된 것 같아."

"흠……. 뭐, 그럼 됐어."

마루가 의문스러운 표정을 짓기는 했지만, 그 이상 추궁하지는 않았다.

교실 안에서 몇 갠가의 그룹이 대화하는 소리가 들렸다. 내일은 시부야에 모여서 파티를 하자고 한다.

나는 이야기를 돌리기 위해 마루에게 물었다.

"그래서, 마루는 무슨 예정 있어?"

"핼러윈의 예정, 이란 뜻이냐?"

"그래그래."

"그런 파티 피플의 모임 따위 안 간다."

마루는 그렇게 말했지만, 그럼 예정이 없느냐고 물어보니, 노래방 모임에 불렸다고 한다.

"아사무라도 올래?"

"나는 알바 있으니까 유감이지만 못 가."

그래. 마루가 말하고, 억지로 권하지는 않았다.

친구가 별로 없는 내가 마루랑 오래 친구로 지내는 것은, 이렇게 너무 파고들지 않는 성격 덕분일 거야.

신쵸는 단숨에 파고들었지만, 그래도 어떻게든 됐으니

나도 조금은 성장을 했다는 걸까?

그건 그렇고…….

반 애들의 예상도 못 한 들뜬 분위기를 보고 있자니, 핼러윈 날은 학교 애들도 상당히 시부야에 모일 것 같다. 그런데 나랑 아야세 양은 오늘과 내일, 역 앞의 서점에서 알바를 한다.

신죠에게 자신의 연애감정을 밝힌 참이니 새삼스러운 걸지도 모르지만, 그 모습을 봐서는 아마 떠벌리고 다닐 리는 없을 거야.

또 다른 장소에서 섣불리 이상하게 소문이 퍼지면 귀찮다. 가능하면 반 애들에게는 들키고 싶지 않았다.

예년의 인파를 생각하면, 남들의 얼굴 따위 일일이 확인할 수 있는 상태가 아닐 거라고 생각한다. 그러나 알바가 끝나는 시각을 생각하면 아야세 양을 배웅하기 위해 둘이서 같이 돌아오게 된다. 다시 말해서 시부야의 길거리를 나란히 걸어가게 된다.

남들에게는 어떻게 보일까?

돌아가는 길은 조심하는 편이 좋을지도 모르겠어.

방과 후, 한 번 귀가한 다음 걸어서 알바를 하러 갔다. 역 앞의 혼잡함을 생각하면, 자전거를 쓸 생각이 안 들었다.

시부야 역이 가까워짐에 따라, 길을 걷는 사람들 속에 이상한 차림새를 하고 걷는 사람들이 늘어나는 걸 깨달았다.

검은 고딕 드레스를 입고 빗자루를 끌어안은 마녀가 있다.

머리에 도끼가 박혀 있는 좀비가 있다.

아주 평범한 여성 두 사람 일행인가 했는데, 둘 다 볼에 상처 자국 씰을 붙이고 입에서 피가 흘러나오는 메이크를 하고 있거나.

……핼러윈은 내일인데 말이야.

애당초 『만성절의 전야제』라는 거니까, 핼러윈 자체가 이브란 거다. 그런데, 그 더욱이 전날에 이미 축제가 시작되는 건 이상하지 않나?

풍습이란 것은 발상지를 넘어서 전파될 때 본래의 형태에서 변형되는 법이다.

흔히 있는 일이지. 하지만, 실제로 마주쳐 보니 놀라게 된다. 마치 시부야의 거리 자체가 거대한 귀신의 집이 된 것 같아.

초승달이 오른 하늘 아래는 이미 백귀야행이 모습을 보이고 있었다.

알바를 하는 서점에 도착하여, 가게 안으로 들어가자마자 나는 각오했다.

길거리에서 봤던 유쾌한 차림을 한 사람들이, 손님으로 가게 안을 배회하고 있었다.

전날부터 벌써 이러네.

그 정도가 아니라, 유니폼으로 갈아입은 나에게 점장님이 직접 묘한 형태의 모자를 건넸다.

"자. 아사무라, 이건 네 몫이야."

"이거…… 뭔데요?"

"모자인데."

그건 머리 꼭대기부터 껍질 벗긴 바나나 같은 컬러풀한 술이 늘어져 있는, 이른바 『광대의 모자(제스터즈 캡)』였다.

"이거…… 쓰는 건가요?"

"그래그래. 핼러윈이니까. 오늘 내일은 부탁할게. 이것도 서비스야."

서비스—가 되는 건가?

보아하니, 점장님을 비롯하여 알바생도 정사원도 다들 비슷한 모자를 쓰고 있어서 초현실적인 모습이었다.

……요 이틀 동안 근무를 잡아버린 것 자체가 실수였나.

단념하고 모자를 쓰고, 나는 백야드로 갔다.

토요일과 일요일은 신간 입하가 없다. 그건 다시 말해서 금요일에는 대량의 책이 들어온다는 것이다. 아무리 책장을 비워도 전부 한꺼번에 진열할 수가 없다. 특히 두꺼운 잡지는 높이 쌓아둘 수도 없으니까, 조금씩 꺼내서 진열하는 수밖에 없다.

팔려서 줄어들면 진열한다. 이걸 반복하게 된다.

"지금, 들어왔습니다~!"

말을 걸면서 재고가 있는 창고에 들어갔다.

"늦었어어, 우리 후배."

"먼저 시작했어요. 아사무라 구…… 씨."

"아아, 두 사람은 벌써 시작했네요. 수고하십니다."

창고에서 카트에 올린 종이박스에 책을 담고 있던 것은, 요미우리 선배와 아야세 양이었다. 나보다 좀 빨리 가게에 도착한 모양이다.

아야세 양의 얼굴을 보고, 한순간 가슴이 뛰어버린다. 점심시간에 신죠와 나눈 대화를 떠올리고, 살짝 얼굴이 뜨거워졌다.

한 번은 자신 안에서 아야세 양을 연인 쪽에 기운 존재로 정의해버린 것이다. 새삼스레, 거창한 짓을 했다고 반성의 마음이 솟았다.

"우리 후배, 지각이야, 지가악!"

"어?"

그럴 리는…….

"아직 5분 전이에요. 괜찮아요, 아사무라 씨."

"뭐야, 놀랬네."

창고 안의 시계를 일단 확인했다. 아야세 양 말이 맞았다. 늘 있는 요미우리 선배의 농담이었나.

쪼그려 앉아서 신간 잡지를 담고 있던 요미우리 선배가, 으음~ 하면서 손을 위로 치켜들더니 허리를 뻗으며 일어섰다.

중노동을 한 다음 같지만, 근무 시간을 봐서 이제 막 시작한 참일 거야.

"빨리도 지쳐버렸네요, 선배."

"콰~앙! 사키~, 우리 후배가 늙은이 취급을 해애~."

"하지만, 벌써 지쳤다고 분명히 아까 말을 한 것 같은데요."

"배, 배신당했어……. 에~엥 에~엥. 엥엥에엥! 너무해. 사키는 누구 편이야!?"

"그런 모습으로 우는 시늉을 하셔도 좀……."

아야세 양이 태클을 건다.

그건 정말 그렇다. 광대 모자를 흔들면서 눈 아래에 손가락을 대고 울면 광대의 퍼포먼스로 보인다.

"완전히 알바에 익숙해졌네, 사키. 그렇구나, 그렇구나. 그러면, 다른 공격수단이 필요하겠어어~."

"애당초 공격을 안 한다는 선택지는……."

"없어. 시시하잖아웃!"

무슨 의미를 알 수 없는 수수께끼의 말을 외치고, 요미우리 선배가 빙글 아야세 양에게 등을 돌렸다. 그리고 나를 향해 걸어왔다.

두 손을 앞으로 내밀고, 허공을 손가락으로 조물조물하며 말했다.

"훗후~! 우리 후배, 트릭 오어 트리트! 과자를 안 주면,

장난을 칠 거야!"

말하면서, 좀비처럼 손을 앞으로 내밀고 다가온다.

조물조물조물.

"핼러윈은 내일인데요."

"어허! 축제라는 건 남몰래 전날부터 눈치채지 못하는 틈에 당신 곁으로 숨어드는 법이야. 자, 과자를 베풀어주세요~."

"그거, 그냥 요구하는 거 아니에요? 그리고, 그렇게 좀비처럼 다가오는 축제는 싫습니다."

"에잇, 아직도 거스르다니!"

또다시 빙글 몸을 돌리더니, 요미우리 선배는 등 뒤에서 아야세 양을 끌어안았다.

"자! 인질이야~. 과자를 안 주면, 여동생한테 장난쳐 버린다."

"어, 잠깐. 저기. 그게, 가, 간지러워요……."

"후후훗. 과자를 안 주는 나쁜 아이는 어디 있냐~."

요미우리 선배. 그거 나마하게[#3]가 섞이지 않았어요?

"스톱, 선배. 정말로 직장 내 강압에 걸릴 것 같으니까 사회적으로 스톱입니다. 알았어요, 과자를 주면 되는 거죠?"

그렇게 말하자마자 선배는 우뚝 행동을 멈추었다.

---

**#3 나마하게** 일본의 요괴. 「우는 아이는 어디 있냐」라고 외치며 집집마다 찾아다니며 게으름뱅이를 혼내준다고 한다.

이렇게 속물적이라니.

"좋아좋아. 우리 후배. 귀여운 여동생을 만날 때는 오빠야라면 사탕 한두 개는 언제나 주머니에 준비를 해둬야지?"

그런 오빠는 존재 안 할 것 같은데.

나랑 아야세 양이 의붓 남매가 된 것을 아는 요미우리 선배는 걸핏하면 이렇게 놀린다.

상관없지만. 과자, 과자라…….

"알았어요. 내일 뭔가 준비해 올게요."

"오, 약속이야! 약속을 어기면……."

아야세 양을 놔준 요미우리 선배가 또다시 나를 향해 두 손을 조물조물하면서 말했다.

"오늘은 이래 봬도 잽 같은 거야. 내일은 더 굉장할 거다~."

"네네."

시곗바늘이 그때 마침 근무 시작 시간을 가리켰다.

"아, 시간 됐다. 휴식 타임은 끝! 우리 후배, 사키! 자자자, 일을 해야지!"

"가장 일을 안 한 건 선배인데요……."

그래도 역시 일을 시작하자, 나랑 아야세 양보다 오래 일을 한 만큼 솜씨가 좋다. 게다가 사전에 평상의 상태를 확인해 뒀는지, 「이건 꽤 줄어들었으니까 두 권 추가」라면서 척척 잡지를 담는다.

몇 번인가 백야드와 매장을 왕복하여 책장 보충을 마치

고, 우리 세 명은 짧은 휴식을 가졌다.

사무실에 비치된 차를 마시면서 잡담을 하는 사이에, 화제가 자연스럽게 내일 핼러윈을 어떻게 보낼지에 대해서로 흘러갔다.

휴일이니까 본래는 하루 종일 소란을 떨 수 있다. 우리 셋은 알바 전후밖에 못 놀지만.

듣자 하니, 요미우리 선배는 내일 알바 끝난 다음에 대학 친구들과 함께 분장을 하고 시부야를 돌아다닐 모양이다. 그다음은 철야로 노래방이라고 했다. 역시 대학생은 당당하게 밤놀이를 한다. 게다가, 지도하는 준교수까지 참가한다고 했다.

젊은이들이 흐트러지는 핼러윈 특유의 모습을 생생하게 보고 싶다고 했다는 모양이다.

"『이건 학술조사야, 요미우리 군』이라고 했었는데. 선생님의 경우는 그냥 자기도 놀러 다니고 싶은 게 아닌가 싶다니까~."

"혹시, 그건 그 선생님인가요?"

아야세 양이 뭔가 깨달은 표정으로 물었다.

"다 아는구나~. 그래그래, 쿠도 선생님."

"아아…… 네. 이해돼요."

이름을 듣자마자 아야세 양이 핼쑥한 기색이 되었다. 그걸 보고 요미우리 선배가 아하하 쓴웃음을 지었다.

"어지간히도 고생했나 보네."

"대학의 선생님은, 다들 그런 느낌인가요?"

"응~? 쿠도 선생님은 예외라고 생각해~. 보통 사람이 가진 이해의 범주를 넘어선 행동을 하는 걸로 유명하고, 학부 제일의 미녀이자 악마같이 머리가 좋다는 사람이니까."

"뭐, 천사처럼 영리하단 말이 안 나올 건 이해해요."

옆에서 듣고 있기만 해도 터무니없는 선생님이네.

……어라? 그런데, 그건.

"혹시 그 사람, 전에 요미우리 선배랑 차 마시던 사람인가요? 팬케이크 가게에서."

"아, 맞아. 우리 후배가 훔쳐 들었었지."

남들 듣기 안 좋은 말을 좀 하지 마세요. 우연히 지나다가 들려버린 것뿐이라니까요.

"뭐, 어쨌든. 적당히 안 해주면 우리 학교 진학 희망자가 줄어버릴 것 같아~."

한숨을 쉬는 것처럼 요미우리 선배가 말했다. 그런데 그걸 들은 아야세 양이 신기한 말을 중얼거렸다.

"그렇지는 않으, 려나."

아야세 양의 말은 속삭이는 것이라 요미우리 선배에게 들렸는지는 모르겠다.

"정말로, 난처한 선생님이야."

말하면서도, 요미우리 선배는 생글생글 웃고 있었다.

## ●10월 30일 (금요일) 아야세 사키

아침부터 교실 안이 들떠 있었다.

내 귀에 들리는 것은, 핼러윈의 예정을 의논하는 목소리들이었다.

어떤 분장을 할래? 같은 대화가 여기저기서 날아다닌다. 시부야에서 핼러윈 파티를 하기 위해 모이는 의논도.

내 옆에는 마아야와 그녀와 사이좋은 반 애들이 모여 있었다. 그들도 내일은 모여서 분장 파티를 한다고 한다.

"하지만, 사키. 정말로 안 와?"

마아야가 만약을 위해서란 느낌으로 물었다.

"조금, 예정이 있어서."

선약(일)이 있으니 어쩔 수 없다.

알바라는 단어는 일단 안 꺼냈다. 시부야에 모이는 학생도 많을 것 같으니까, 자세하게 추궁을 하면 알바하는 곳을 알아낼지도 모른다.

그리고 나는 애당초 들뜬 분위기가 잘 안 어울려.

하지만—.

지금의 나는 생각한다. 그래. 분명히 친한 사람들끼리라면 함께 이벤트의 날을 지내는 게 즐거울지도 모른다. 친한 사이…… 나도 아사무라 군하고 함께라면 분장을 하고,

함께 거리를 걷는 게 좋다고 생각할지도 몰라.

안 어울려도.

아사무라 군과 같은 시간을— 추억을.

소중히 여기고 싶다.

방과 후. 알바를 위해 시부야의 역 앞까지 나왔다.

해는 이미 서쪽으로 기울었고, 저녁놀을 넘어서 하늘이 파래지고 있었다.

시부야 109의 그림자가 길고 길게 뻗어서 길을 넘어 내 발치까지 떨어졌다.

빌딩 틈으로 보이는 동쪽 하늘은 이제 곧 밤의 색으로 물들고, 볼을 스치는 바람에는 메마른 이파리의 냄새가 섞여 있었다.

내쉬는 숨이 하얗게 되는 것도 이제 금방이다.

가게에 들어가자, 이미 알바 선배인 요미우리 시오리 씨가 책장의 숲속을 돌아다니는 걸 깨달았다.

눈이 마주치자 가볍게 고개를 숙였다.

그대로 여자용 탈의실에 갔다.

"잘 잤니, 사키!"

뒤를 따르듯 요미우리 선배가 들어와서 말을 걸었다.

"……안녕하세요?"

이 선배는 어째선지, 언제나 아침 같은 인사를 한다. 벌써 밤이 되려는 시간인데.

물론 우리가 어떤 인사로 답해도 신경 쓰지 않으니까 그냥 버릇일지도 모른다.

"사키, 오늘은 책장 보충부터 해야 돼~."

"네. 알겠습니다."

선배랑, 근무 시간 5분 전에 들어온 아사무라 군과 함께 열심히 책장 보충을 했다.

휴식 시간이 되자, 셋이 한꺼번에 사무실로 들어갔다.

요미우리 선배는 여전히 아사무라 군이 마음에 들었는지 마음껏 놀리면서 놀고 있었다.

내일은 아무래도 과자 하나쯤 선물해야 할 낌새였다.

나도 아사무라 군에게 말해볼까? 트릭 오어 트리트. ……무슨 나답지 않은 생각을 하는 거지.

그리고 내일 핼러윈 이야기가 나왔다. 들어보니 요미우리 선배는 내일 알바 뒤에 대학의 동료들과 함께 분장하고 밤놀이를 한다고 했다. 대학생다운 행태에 아사무라 군이 감탄하고 있었다.

그리고 그 윤리학의 선생님도 참가하는 모양이다.

윤리학 준교수, 쿠도 에이하.

오픈 캠퍼스의 기억이 되살아나고, 그때의 지친 표정이 드러나 버렸다. 학부 제일의 미녀이자 악마같이 머리가 좋은 사람이라고 요미우리 선배가 말했다. 악마같이, 라는 건 꽤나 그 선생님답다고 해야겠지.

민폐가 되는 사람이라고 생각했다. 상대했다간, 누구보다도 지쳐게 되는 성가신 사람이라고 생각했다. 애당초 나는 다른 사람과 대화를 하는 게 그렇게 특기가 아니다. 아사무라 군처럼 어깨에서 힘을 풀고 대화할 수 있는 상대는 그리 많지 않아.

"뭐, 어쨌든. 적당히 안 해주면 우리 학교 진학 희망자가 줄어버릴 것 같아~."

요미우리 선배는, 놀리는 게 능숙한 준교수의 행위를 그렇게 평가했다. 정말이지, 맞는 말이다. 만나는 상대를 일절 봐주지 않고 가차 없이 말의 싸움터로 끌어들이면, 상식적으로는 사람들이 멀어질 것이다. 게다가 그 의논이라는 것도, 마치 싸움을 걸고 상대의 대응을 관찰하는 것이 목적이라 제멋대로이다. 마치 인간을 상대로 파괴 검사를 하는 것 같다.

조금 더 상식과 사양이라는 것을 고려해 줬으면 좋겠다. 나도 그렇게 생각은 하지만—.

"그렇지는 않으, 려나."

거의 무의식중에 나는 그런 말을 중얼거려 버렸다.

뇌의 구석구석까지 활성화시켜서 회로가 타버리기 직전까지 머리를 쓴 경험은 내 인생 속에서 한 적이 없었다. 분명히 지쳤지만, 그 피로는…….

「윤리학자로서 살아가는 것뿐이야.」

그런 생물로서 살아가는 거라고 시원스레 말해버리면, 주변에서도 받아들이거나 튕겨내는 수밖에 없을 거다. 알고 있어도 그런 삶밖에 고를 수 없는 쿠도 에이하라는 인간은 살아가는 게 서투른 존재가 아닐까?

아마도, 나는 그런 인간을 싫어하지 않는 걸 거야.

나도 그러니까.

한발 먼저 휴식을 마친 아사무라 군이 사무소를 나섰다.

그것을 보고서, 요미우리 선배가 「근데 말이야」라고 말을 걸었다.

"내일 말인데, 분장하고 알바할 결심은 섰어?"

"또 그 이야기인가요?"

저번에 같이 근무했을 때, 이 선배는 하필이면 나한테 핼러윈 당일에 분장하고 알바를 하자고 권유했다.

"그치만, 고양이 귀 사키를 보고 싶은걸. 눈에 보양이 되니까."

"왜 제가 선배의 복리후생을 도와야 하는 건가요?"

"좋은 코스프레 가르쳐 줄게~. 아니면, 끝난 다음에 우리랑 같이 그대로 놀러 가도 되고."

저기, 저 이래 봬도 일단 아직 고교생인데요?

"술이 끼어든 제가 이벤트에 참가할 수 있을 리 없잖아요."

"괜찮아. 대학생 중에는 미성년도 있으니까 논알콜도 가능. 쿠도 선생님이 있으니까 그런 부분은 잘 가린다니까."

"신용할 수 있어야 할 그 인물을 제일 신용할 수가 없는데요."

그렇게 대답하자 요미우리 선배가 쓴웃음을 지었다.

"쿠도 선생님, 사키랑 너무 놀았나 보네~. 하지만, 나도 사키랑 놀고 싶어어. 자, 화장법이나 좋은 코스메틱 브랜드를 가르쳐줄 수도 있고. 흥미 있지?"

솔직히 말하면, 그 한 마디에는 생각보다 마음이 움직였다.

메이크도 패션도, 공부하는 틈틈이 배우려고는 하고 있지만, 근본적으로 고교생은 실기 연습이 너무나 부족하다. 성인 여성에게 화장을 소양으로 요구한다면, 사회인 후보인 고교생이 연습할 수 있는 기회를 더 늘려야 할— 아니, 그런 어려운 이야기가 아니라.

흥미는 있다, 역시.

"오, 흥미 있구나?"

"안 해요."

"응~. 그 밖에도 유익한 의견 교환을 할 수 있는데 말이야~. 사키, 네일 살롱 가본 적 있어? 고교생이니까 혼자서 에스테 같은 데도 간 적 없지?"

"아무래도 그 정도 돈은 없으니까요."

"하지만, 가게를 기억해두면 손해는 없잖아? 영양관리사 면허 가진 애의 다이어트식 만드는 법 같은 거. 나이를 먹으면 지방이 잘 안 빠지거든~. 사키, 지방 플래그 세우지는 않았어?"

"……그런 대화들만 하는 건가요?"

"논문만 읽고 있으면, 머리가 끓어오르거든. 그걸 느슨하게 풀어주려면, 걸즈 토크 한두 개 정도는 해야지. 한다니까."

"한 적이 없어서 몰라요."

"그러면 해보자. 자, 첫 경험이야. 그리고……. 패션에서 시선을 유도하는 테크닉. 심리학적으로 올바르게 이성의 호감을 사는 복장 같은 것도 기억해둬서 손해 볼 것 없어. 멋있는 것이든, 귀여운 것이든. 그렇지?"

"나를 알고 적을 알면…… 그런 거요?"

"그래그래."

"흥미는 있지만, 역시 안 돼요. 부모님이 걱정하시니까."

"말은 그러면서, 사실은 우리 후배랑 데이트할 거지?"

"아, 아니에요!"

선배가 씨익, 미소를 짓는다.

그날 밤, 숙제를 마친 나는 목욕을 하고서 이제 잘 준비를 한다.

침대 위의 이불을 뒤집고 몸을 집어넣자, 시트의 차가움에 부르르 몸이 떨렸다. 황급히 이불을 목까지 끌어올렸다.

이제 슬슬 겨울용 따뜻한 침구로 바꿀 필요가 있을까?

알람 시계를 확인하고 조명을 끄고 눈을 감았다.

그리고 잠에 들기 직전. 나는 문득 어린 시절 핼러윈의 기억을 떠올렸다.

그건 초등학생 때다. 3학년인가 4학년인가였을 거야.

핼러윈 파티를 하자고 엄마랑 약속을 했었지만, 엄마가 결국 일을 쉴 수 없게 되었다. 그날 밤은 아버지도 어딘가에 나가서 돌아오지 않았다.

집에서 혼자. 쓸쓸한 마음에, 어둠 속에서, 핼러윈 파티용으로 엄마가 사온 초에 불을 붙였다.

당시에는 지금보다 가난해서, 집도 그리 크지 않았다. 부엌으로 쓰던 그 방은 꽤 좁아서, 밥상 같은 작은 테이블 하나밖에 없었다. 중앙에 둔 호박 형태의 커버 안에 오렌지색 촛불이 하나. 초등학생이던 나는 성냥을 써서 불을 붙이고, 조명을 끄고 어두운 방 안에서 멍하니 촛불의 빛을 바라보았다.

당시 얼마 전에 읽었던 성냥팔이 소녀의 이야기를 떠올리고, 불빛 너머로 제멋대로 망상을 그려봤다. 테이블을 둘러싼 엄마와, 상냥해 보이는 아빠(얼굴은 멋대로 그 무렵 보던 드라마의 배우를 채용했다). 혹은 크림을 잔뜩 바른 커다란 케이크.

어린애였으니까, 핼러윈에 상당히 크리스마스가 섞여 있었던 것 같다. 어째선지 커다란 순록이 말 상대가 되어 말을 했으니까.

망상 속의 나는 꽤 수다스러워서, 학교에서 있던 일을 모조리 힘차게 말하고 있었다. 엄마랑 아빠(망상 버전)는 웃으면서 듣고 있었다.

있을 수 없다는 걸 알아도 그려버리는 공상의 밤.

그리고 나는 그대로 잠들어버렸다.

누군가 내 어깨를 흔들어서 눈을 떴을 때는 벌써 아침이었다. 돌아온 엄마에게 멋대로 초에 불을 붙인 것, 하물며 잠들어버린 것에 호되게 야단을 맞았다.

그리고 쓸쓸하게 해서 미안하다고 사과를 하며, 끌어안아 줬을 때—.

그때는 엄마도 상당히 힘들었을 거라고, 침상 속에서 생각했다.

이불 속이 따스해져서, 나는 졸음의 소용돌이 속으로 천천히 끌려 들어간다. 수마가 찾아와 의식을 빼앗아갔다.

그날 밤 촛불의 빛은 아직도 잊을 수 없다.

그건 내 고독의 상징이었다.

호박 모양의 촛대. 지금도 비슷한 상품이 팔리고 있을까?

잠에 빠지며, 문득 그런 생각을 했다.

## ●10월 31일 (토요일) 아사무라 유우타

10월의 마지막 날. 휴일이니까 평소보다 늦게 일어나, 느긋하게 보냈다.

그리고 오후 4시를 넘자, 나는 결심하고 알바를 하러 갔다.

오늘도 혼잡할 것을 생각하여 자전거는 관두고 걸어가기로 했다. 덕분에 조금 일찍 집을 나서게 됐다. 아야세 양하고는 이번에도 별개 행동으로 가게에 갔다.

시부야 역이 가까워지면서 오늘이 무슨 날인지 실감하게 된다.

내일이 모든 성인을 축복하는 날. 만성절.

그리고 오늘은 그 전야제— 핼러윈이다.

시부야의 길거리에는 마물의 차림을 한 많은 사람들이 돌아다니고 있었다.

좀비에 흡혈귀에 미이라에 늑대인간……. 정석적인 괴물들부터 애니메이션 캐릭터의 코스프레까지, 시부야의 거리는 어제 이상의 분장 공간이 되어 있었다.

"눈이 돌아갈 것 같아……."

인파를 피해 걸으면서 나는 중얼거렸다.

서로 닿을 정도의 혼잡함에 한숨을 쉬었다.

오늘은 가게도 혼잡하겠어.

코스프레 집단을 곁눈질로 보면서, 알바하는 서점에 도착했다.

가게에 들어가자, 가게 내부도 혼돈에 빠져 있는 것이 보였다.

분장하고 들어오는 손님의 수도, 늘어난 고객 수에 비례해 3할은 더 많다.

사무소에 들어가 인사를 하고 옷을 갈아입으려는데.

"아아, 아사무라. 오늘 계산대 말인데—."

점장님이 어제와 같은 광대 모자를 건네주었다. 그리고, 핼러윈용 잡화를 일시적으로 취급하니까, 계산대에서 취급 주의를 해달라고 전달했다.

옷을 갈아입고 가게 안으로 나서자, 어제는 없었던 파티 굿즈 상품이 오늘이 되어서 계산대 옆에 만들어진 특설 선반에 쌓여 있었다. 할인용품점에서 팔 법한 간이 분장 굿즈부터, 갖가지 형태의 캔들 라이트, 어째선지 펜라이트까지 있었다.

아마도 어제 가게를 닫은 다음에 반입하고 장식을 한 거겠지.

다시 말해서 이 물건들은 오늘 하루만 두는 특별상품이라는 거다.

최근에는 서점들도 책만 팔면 안심—인 시대가 아니다. 팔릴 때 팔 수 있는 걸 팔아버리자고 점장님이 판단한 거겠지.

계산대에서 취급은 귀찮지만.

탈의실에서 유니폼으로 갈아입고, 나는 광대 모자를 쓰고 계산대로 갔다. 이 혼잡함을 보니 역시 오늘은 바쁘리라.

나쁜 예상일수록 잘 들어맞는다.

머피의 법칙은 오늘도 기운차군.

평소보다 엄청나게 바빠서 잡담할 틈 따위 없었다.

시부야의 거리는 언제나 혼잡하지만, 핼러윈과 휴일이 겹쳤기 때문이리라. 두 배 정도로 안 그칠 만큼의 손님이 서점을 방문했다. 평소에는 시부야에 안 나오는 사람들까지 나온 게 틀림없어.

장사가 번성하는 건 고마운 일이지만, 계산대가 경험한 적 없을 정도로 바빠서, 근무 퇴근 시간이 될 무렵에 나는 파김치가 되어 버렸다. 계산대에 계속 서 있던 탓에 다리가 아프다. 내일은 틀림없이 근육통이야.

마루처럼 평소부터 단련하고 있는 체육계 인간을 처음으로 부럽다고 느꼈을지도 모른다. 물론, 근육통으로 고민하지 않는 육체를 얻으려면 얼마나 근육통을 맛봐야 하는지 알 수 없다. 이 세상은 언제나 부조리하다.

더욱이 나쁜 일이 거듭되어, 이제 곧 지옥의 근무 시간이 끝나려는 때에 비극이 일어났다.

가게의 입구에서 누가 토했다, 라는 것이다.

벌써부터 만취한 민폐 통행인이 한 짓이겠지만, 방치했다간 손님의 출입에 악영향이 생긴다. 누군가 대응해야 하고, 점장님은 이 바쁜 가게 안의 지휘를 하는데 불가결한 사람이라 내가 발탁된 것은 자연스러운 흐름이었다.

양동이에 가득 담긴 물과 대걸레를 들고서, 무거운 발걸음으로 가게 입구에 갔다.

자동문을 열고 밖으로 나오자, 범행 현장이 곧장 보였다.

범인의 모습은 이미 없다. 그저 추악한 구토물만 남아 있었다. 정말이지, 완전히 민폐야.

쌀쌀한 가을의 밤바람을 맞으며, 나는 거리를 오가는 즐거워 보이는 분장 집단을 바라보면서 무감정하게 대걸레를 움직였다.

즐거워 보여서 좋겠다, 라는 마음은 안 생긴다. 옛날부터 이런 소란스러운 이벤트는 싫어했다.

다만 남녀가 함께 걷고 있는 걸 보면, 나도 모르게 시선과 흥미가 끌린다.

지금도 가게의 건물에 게시되어 있는 영화 광고 앞에서 대학생으로 보이는 커플이 몸을 얽고서, 제로 거리에서 마주 보고 있었다.

수많은 통행인이 힐끔거리며 시선을 보내는 것도 눈치 못 채고, 그들은 빨려 드는 것처럼 입술을 겹쳤다.

이케부쿠로에서도 저런 걸 봤지만, 역시 연인 사이라면 남들 앞에서 키스하지 않을 수 없는 걸까?

"응?"

나는 문득 위화감을 느꼈다.

누군가가 그 커플의 바로 옆에 쪼그려 앉아서, 입맞춤을 하는 두 사람을 빤히 보고 있었다.

첫인상은 「악마」였다.

여성의 모습을 한, 악마다.

검은 뿔이 돋아난 헤어밴드를 머리에 쓰고, 끝이 화살표 같은 가느다란 꼬리가 나 있다. 스커트가 부푼 검은 고딕 드레스와 긴 소매의 로브는 마녀 같기도 하지만, 아마도 악마와 마녀의 중간을 노린 분장이겠지.

평상시라면 틀림없이 수상한 사람이다.

그렇지만 이것이 바로 핼러윈의 마력이라고 해야 할까? 저렇게 눈에 띄는 수상한 사람을 주목하는 게 나 혼자인지, 아무도 그 악마의 존재를 눈치 못 챘다.

시선을 받는 커플마저도, 두 사람의 세계에 들어갔는지 눈길도 안 주고, 열심히 입술을 탐하고 있었다.

"흠, 자네들. 잠깐 괜찮을까?"

악마가 말을 걸었다.

커플은 그제야 악마의 존재를 깨달았는지, 황급히 얼굴을 떼고 그쪽을 돌아보았다.

다행이다. 나한테만 보이는 괴기현상이 아니었구나.

"가, 갑자기 뭔가요?"

남자가 여자친구를 지키듯 경계하는 표정으로 앞에 나섰다.

악마는 표정 하나 바꾸지 않고 말했다.

"남들 앞에서 당당하게 성행위의 사전 준비를 하고 있군. 자네들은, 평소에도 이렇게 남들 앞에서 전희를 하고 있나?"

"아……?"

남친의 입이 쩍 벌어졌다.

마음은 이해한다. 갑자기 뭔 말을 하는 거지, 이 악마는?

"아니, 그리 어렵게 생각하지 말게나. 핼러윈의 환경이 얼마나 젊은이에게 사회적 윤리를 무시하도록 하는지, 혹은 딱히 영향이 없고 윤리관이 결여된 인간이 모이기 쉬운 것뿐인지, 신경 쓰이는 것뿐이야. 다시 말해서, 그래, 호기심이지."

"그, 그래요. 무슨 말인지 영……."

"저기, 이제 가자."

여친이 팔을 잡아당겨, 그 자리에서 물러나려고 했다.

"아, 기다리게. 남들 앞에서 보여주는 것으로 흥분을 얻는 목적이 있었던 건 아닌가? 그러면 나 같은 관객은 오히려 환영해 마땅한 것 아닐까?"

"이제 갈게요. 가까이 오지 마세요."

"한 가지만이라도 대답해줄 수는 없을까? 남들 앞에서 꽁냥댄다는 것은, 오늘만 마가 씌인 것인지, 아니면 평소에도 그런 느낌인지. 한 마디만 남기고 가도 되니까, 그 정보만이라도 남겨주고 가게."

"안 해요."

눈매를 끌어올리며 말하더니, 여친이 남친의 손을 끌고서 센터 거리 쪽을 향해 거친 걸음걸이로 사라졌다.

"귀중한 샘플, 고마워. 앞으로 연구에 활용할 거라고 약속하지."

손을 흔들고, 커플의 등을 배웅하는 악마.

"그럼, 다음 관찰 대상을 찾아보도록 할까. ……응?"

"앗."

돌아본 악마랑 눈이 마주쳤다.

그을린 보석처럼 탁한 눈동자가 눈에 들어왔을 때, 강렬한 기억이 떠올랐다.

색소가 옅은 피부와 자다가 삐친 것 같은 머리칼, 나른한 인상의 내려간 어깨, 그리고 방금의 심술궂은 문답이 어우러져서, 기억 속에 있던 한 명의 인물에게 초점이 맞았다.

요미우리 선배와 카페에서 토론하던 어른 여성이다. 쿠도 선생님, 이라고 불렸던 것 같은데.

그러고 보니 요미우리 선배는 알바 끝나고 대학 사람들이랑 용건이 있다고 했었지. 그래서, 이 선생님도 한발 먼저 우리 가게 근처에 와 있었던 걸지도 모른다.

"자네, 어디서 나와 만났던가?"

"아아, 아뇨, 죄송합니다. 빤히 쳐다봐서."

"그건 됐어. 탓할 생각은 없어. 온갖 배움은, 빤히 바라보는 것부터 시작되는 거니까."

"그, 그래요……."

"조금 전 커플의 구애 행동, 보고 있었지? 자네는 어떻게 생각하나?"

감상을 요구하시네.

예상 밖의 질문이었지만, 답은 금방 떠올랐다.

"창피하다, 라고 생각했습니다."

"흐음."

"직감적으로, 말이지만요."

"그렇군. 자신이 저러고 있는 모습을 남이 보게 되는 것을 상상해 버렸다, 인가?"

"그, 그런 건……."

"아니지 않을 거야. 왜냐하면 이렇게 수상한 인간이 갑자기 질문을 했는데 즉답했으니까. 처음부터 저 행위에 대해 자신 나름대로 감상이 있었던 게 틀림없지. 다시 말해서 그건 자네 안에서 발생한, 솔직한 감상이란 거다. ……남일

이라면 짜증 난다, 라거나, 아무래도 좋다가 되겠지만, 창피하다고 했지. 공감성 수치라는 거야. 자기 자신으로 치환 가능한 상태라고 생각했으니까, 창피함이 전염된다.”

마음 뒷면을 정확하게 맞추기에, 내 숨이 막혔다.

역시 그 요미우리 선배를 말로 누르는 사람이라, 말재주로는 당해낼 수가 없다.

“남들 앞에서 키스하는 것에 저항이 없는 인간의 비율 통계를 잡아보면, 연령이나 성별, 기혼인가 미혼인가에 따라 결과가 바뀌는데, 대략 8% 전후에 머무르는 경우가 많다. 그러나, 실제로 남들 앞에서 키스한 경험이 있는지 물어보면 20% 정도가 경험했다, 라고 하지.”

“어, 그게, 그러니까?”

“통계로는 남들 앞에서 키스하는데 저항이 있는 인간이 대부분인데도 불구하고, 꽤 많은 수의 커플이 경험했다. 그러면, 가치관으로서 NG라고 생각하는 행위를, 언제, 어디서 해버린 것일까? 거기까지 추적해서 조사해본 연구가 그다지 없거든. 나는 그 윤리가 붕괴하기 쉬운 조건을 찾고 있는 거야.”

“……그렇군요.”

흥미롭다, 라고 느꼈다.

동시에, 무섭다, 라고도 생각해 버린다.

한 마디씩 말을 할 때마다 점점 빨려 들어가서, 어느샌가 그녀의 페이스에 휘말려 든다.

악마의 코스프레 차림에 인상이 이끌려서, 메피스토펠레스에 매료된 것 같은 착각을 느꼈다.

“시부야 핼러윈은 매년, 젊은이들이 사고를 치는 걸로 유명하다는 건 알고 있겠지?”

“네, 뭐.”

“사고, 다시 말해서 사회적 규범에서 일탈된 행위에 이른다는 것인데, 어쩌면, 남녀관계에도 비슷한 작용을 하는 게 아닌가 하는 가설을 세워봤지.”

“그래서, 필드워크를 하시는 건가요. 그렇군요, 역시 대학의 선생님, 연구에 열심이시네요.”

“어라? 역시 자네는 나를 알고 있군.”

아차. 말실수를 했다.

이쪽이 일방적으로 알고 있는 거지만, 그건 대화를 훔쳐 들었기 때문이라 솔직하게 밝히기가 어렵다.

어떻게 할까 생각했는데, 악마가 내 머리부터 발끝까지 시선을 쭉 움직였다.

“아아, 그렇군. 여기 점원인가? 요미우리 군의 후배 군.”

“네. 그렇게, 되죠.”

“혹시 아사무라 군인가?”

“엇. 제 이름까지 아는 건가요?”

“얼굴은 이제 막 알았어.”

역시, 심술궂은 말투다.

"쿠도 에이하다. 요미우리 군이 다니는 츠키노미야 여자대학의 준교수로 일하고 있어. 자네 여동생하고도 전에 만났지."

"이야기는 조금 들었어요."

오픈 캠퍼스에 갔더니 성가신 선생님을 만났다고.

몇 분 대화를 하기만 했는데도 그 편린이 보일 정도니까, 그때 아야세 양의 마음고생을 짐작할 수 있다.

"업무를 방해하는 건 좋지 않군. 이제 슬슬 물러가도록 하지."

"……뜻밖이네요."

"뭐가 말이지?"

"분명 이대로 계속 말하실 줄 알았어요."

"하하하. 남의 활동을 방해하는 취미는 없어. 흥미로운 일 말고는 쓸데없이 간섭할 생각도 없고."

어느 입으로 하는 말이지? 그렇게 생각했지만, 물론 말하지는 않았다.

무시무시하게도 쿠도 준교수는, 자기 발언에 아무런 의문이 없는 것 같았다. 그녀는 진심으로 그렇게 말하고 있다.

쿠도 준교수는, 「그럼」 하는 말을 남기고 등을 돌렸다.

조금 안도한 마음으로, 나는 대걸레질을 다시 하려고 했다.

"아아, 그렇지."

문득 멈추더니, 그녀가 말했다.

"기껏 만났으니 악마답게, 자네에게 저주를 걸고 돌아가지."

"저주라니, 뭔데요. 어수선하네요."

"왜 남들 앞에서 평소에 꽁냥대지 않는 친구들이, 오늘은 하게 되는 것인가? 그 열쇠는, 일시적인 지능지수의 저하에 있다고 짐작하고 있어."

"……핼러윈의 분위기에 취해서, 바보가 된다고요?"

"그래. 그리고 인간은, 바보가 되면 될수록 원시적인 욕구에 충실해지지. ……다시 말해서, 파트너와 성적인 접촉을 바라게 된다."

"뜬금없는 말이네요."

"사실이니까. ……그러나, 바보가 된다는 것도 나쁘기만 한 게 아냐."

"바보가 되면 좋은 일이 있을 것 같지 않은데요."

"행복해진다."

"갑자기 스피리추얼한 이야기가 됐네요."

방금 전까지의 논리적 전개는 어디 갔지?

"세상은 언제나 스피리추얼적 것과 함께 존재했어. 인간사회에는 불가결한 것이지."

쿠도 준교수가 손가락으로 가리켰다.

그쪽을 보자, 시부야 스크램블 교차로를 가득 메운 분장 행렬.

후지나미 양과 걸은 밤의 시부야를 떠올렸다.

그때도 뭔가를 핑계 삼아 글러먹게 되는 사람들이 넘치고 있었다. 그때는, 술의 힘을 빌려서.

그리고 오늘은 핼러윈이라는 행사의 힘을 빌려서. 사람들은, 지혜의 생물이라는 것을 잊으려 한다.

"너무 영리한 자네들에게도 바보가 되는 저주를 걸어주지. —해피 핼러윈."

"바보라니…… 농담이시죠."

나랑 아야세 양이, 저런 꼴을 보인다고? 그럴 리 없다.

기가 막혀서, 다시 쿠도 준교수를 돌아보았다.

그러나, 그곳에는 이미 그녀의— 악마의 모습이 없었다.

하고 싶은 말을 하고선, 사라져 버렸군.

"정말로 악마, 는 아니겠지……."

설마. 아하하.

묘한 체험을 했다고 생각하면서도 나는 담담하게 청소를 마저 마치고, 가게 안으로 돌아갔다.

알바 시간이 끝났다.

계산대에서 백야드로 들어가자, 사무소에 있던 점장님이 근무가 끝난 점원들에게 손에 들고 갈 크기의 봉지를 건네고 있었다. 선물용 리본이 달려 있네.

"아사무라 군도, 수고했어. 바쁜 날에 일해준 답례야."
그렇게 말하며 건넨 봉지는, 모둠 과자가 담긴 모양이다.
핼러윈에 일해준 사람들에 대한 포상인 모양이다. 고맙게 받았다.
"자, 아야세 양도. 수고했어."
"고맙습니다."
조금 늦게 철수한 아야세 양도 모듬 과자를 받고 인사를 했다.
그 뒤에는 요미우리 선배도 있었다.
보기 드물게, 요미우리 선배도 나랑 아야세 양과 같은 타이밍에 퇴근이다. 이다음에 대학 사람들이랑 합류해서 분장 파티를 한다고 했지.
아까 밖에 나갔을 때 선생님으로 보이는 사람이 있었다고 했더니 「괜찮아!? 이상한 거 안 당했어!?」라고 걱정했다. 괜찮지만 저주를 받았다고 대답했더니 눈이 점 같아졌다.
탈의실에서 옷을 갈아입었다.
다시 사무소에 들어가자, 거의 동시에 아야세 양과 요미우리 선배도 왔다.
아야세 양은 사복으로 돌아와 있지만, 요미우리 선배는 이미 파티용 분장을 준비했다.
챙이 넓은 마녀의 모자를 쓰고 검은 마녀 드레스를 입은 요미우리 선배는 평소에 보는 일본풍 미인의 모습을 잊어

버릴 정도로 잘 어울리고 있었다.

노출이 과다한 패션 마녀가 아니라, 깊은 숲속에 있을 법한 얌전한 마녀의 모습을 하고 있는 게 선배답다. 가슴께에 달아둔 브로치에 룬 문자를 새긴 돌을 쓴 것도 매니악하다. 손에 빗자루는 없고, 어딘가의 어뮤즈먼트 파크에서 산 것으로 보이는 작은 지팡이 — 완드라는 것 — 를 들고 있었다.

"흐흐흥흥흥흐~응! 있지있지, 어때?"

훌쩍 마녀 드레스의 옷자락을 흩날리며 요미우리 선배가 재는 표정을 지었다.

"아, 네. 엄청 어울려요. 진짜 마녀 같아요."

동의를 바라는 요미우리 선배에게 나는 솔직한 감상의 말을 보냈다.

이벤트를 즐길 생각이 한가득이라는 걸 잘 알 수 있었다.

"우리 후배는 사키의 코스프레를 보고 싶겠지만 말이야."

뭐, 부정은 안 한다. 안 하겠지만.

"안 해요."

옆에 서 있던 아야세 양이 빈틈없이 말했다— 거 봐요.

"익숙해지면 기분 좋은데?"

"사양할게요."

"하지만, 조금만, 조금만이라도 좋으니까, 해볼까?"

의상이 들어 있는지 가방을 주섬주섬 뒤진다.

"고양이 귀 헤어 밴드~!"

요미우리 선배가 무슨 파란 로봇 같은 소리로 말하며 꺼냈다.

"잠깐만 달아봐."

"아니, 그러니까 됐어요."

"드라이해~. 시시해~. 자자자, 분명히 귀여울 거야. 우리 후배도 엄청 기뻐할 거야! 그치? 우리 후배!"

"저한테 동의를 구하지 마세요."

겉모습의 분위기가 바뀌어도, 알맹이는 여전히 요미우리 선배다. 아저씨 같아. 지나치면 현대에서는 성희롱이 된다고요.

"저기, 이제 돌아갈 거니까요."

"흐응~? ……뭐 좋아. 찬스는 이제부터 잔뜩 있으니까."

있나?

"없어요."

"하지만, 귀여운 차림에는 흥미 있잖아?"

아야세 양이 한순간이지만 말문이 막혔다.

"일단 오늘은 이제 돌아갈 거니까요."

"그렇구나~. 그러면 우리 후배. 벌써 늦었으니까, 보디가드 잘 해야된다아~."

"어어, 네."

훌훌 손을 흔들면서 숲의 마녀가 스포츠백을 어깨에 걸

었다. 그림이 이상하네.

아마도 어딘가의 사물함에 가방을 넣어둘 셈이겠지만, 지금부터 빈 사물함 찾을 수 있나?

아니면 미리 짐을 맡겨둘 장소를 확보해둔 걸까?

용의주도한 요미우리 선배라면, 그런 건 제대로 사전에 준비했을 거야.

“그럼, 또 보자.”

“아, 선배.”

나는 사무소를 나서려는 요미우리 선배를 불러 세웠다.

“오호? 뭔데~?”

“이거요.”

나는 손바닥 위에 올린 작은 주머니를 내밀었다.

“이게, 뭐야?”

“과자입니다. 알사탕이지만요. 목사탕. 노래방도 간다고 했었죠?”

“오~. 기억하고 있을 줄은 몰랐어. 장하네!”

“장난을 당하면 당해낼 수가 없으니까요.”

“후후. 감사감사.”

사탕 주머니를 볼에 대면서 우리에게 고개를 돌리더니, 히힛 미소를 지었다.

“그럼, 그대들에게도 행복함이 찾아가도록 이 몸이 마법을 걸어주겠노라. 에잇!”

말하면서 완드를 흔들었다.

"해피 핼러윈! 또 봐!"

그렇게 말하고서, 빙글 등을 돌리며 드레스를 펄럭이고 사무소를 나섰다.

"네. 또 봐요~."

"조심하세요."

아야세 양도 손을 훌훌 흔들어 요미우리 선배를 배웅했다.

"자, 우리도 돌아가자."

아야세 양이 수긍했다. 그대로 가방을 집었다.

나는 그녀 쪽으로 한 걸음 다가가, 가방에서 또 하나의 물건을 꺼내 아야세 양의 눈앞에 내밀었다.

아야세 양이 눈을 동그랗게 떴다.

"어? 뭔데?"

"이건 아야세 양 거."

요미우리 선배에게 준 것과 비슷한 작은 주머니에 들어 있는 과자다.

"이것도 알사탕?"

"아니…… 이건 초콜릿."

"나는 아무것도, 준비 안 했는걸."

"신경 쓰지 마. 사소한 거니까. 해피 핼러윈."

"해피 핼러윈. 고마워."

가게를 나서기 직전, 아야세 양이 「잠깐만 기다려」하고 발을 멈추었다. 빙글 돌아서서, 가게 안으로 돌아갔다.
뭐지? 잊은 물건이 있나?
드나드는 손님에게 방해되지 않도록 입구에서 떨어졌다.
입구를 볼 수 있는 위치에서 아야세 양을 기다렸다.
몇 분 정도 지나 아야세 양이 돌아왔지만, 딱히 손에 뭔가 든 기색은 없었다.
"미안, 기다렸지."
"잊은 물건 있었어?"
"그런 셈이지."
그렇게만 말하고, 아야세 양이 내 옆에 섰다.
"그러면, ……돌아가자."
"응."
길로 나서자, 나도 아야세 양도 놀랐다.
분장을 하고 신이 난 사람들이 우글거려서, 걸어갈 틈도 없었다.
분명히 이렇게 될 거라고 생각은 했다. 그래서 오늘은 자전거를 두고 왔으니, 예상이 들어맞긴 했는데.
"이 정도일 줄은……."
"사람이 엄청 많네."
"이거, 이래서는 누구랑 마주치고 그런 게 문제가 아니네."
학교 사람이랑 마주치면 어쩌나 생각했지만…… 이 정도의 분장 행렬, 게다가 꽉 들어찬 상태에서는 지나치는 상대의 얼굴도 확실히 볼 여유가 없을 거야.

외국인이나 대학생 파티 피플이 코스프레를 하면서 흥을 내는 틈을 비집고 걸어가게 될 것 같다. 역에서 떨어지면 그렇게까지 붐비지는 않겠지만, 마치 설날의 메이지 신궁 같군. 이건 말이 지나친 것 같지만, 그 정도로 혼잡했다.

"……꺅."

지나가는 사람이랑 부딪혔는지, 아야세 양이 작은 소리를 내며 비틀거렸다.

반사적으로 몸을 지탱했다.

이건 안 좋아.

"차도 쪽이 약간 비었어. 그쪽으로 가자."

"어, 응."

우리는 사람이 적은 쪽으로 걸어가려 했지만, 인파에 밀려서 그것도 힘들고, 까딱하면 서로를 놓쳐버릴 것 같았다.

목적지는 같은 집이고, 작은 애도 아니니까, 놓친다고 해도 미아가 될 위험은 없다. 그렇지만—.

"아야세 양, 자."

손을 뻗자, 아야세 양이 마주 쥐었다.

따스한 손바닥의 열을 느끼고 고동이 빨라졌다. 아야세 양의 손은 나보다 한 사이즈 작아서, 너무 강하게 쥐면 아플 것 같아 무섭다. 그래도 손을 놓쳐서 떨어지는 것이 무서웠다. 꼭 쥐고 끌어당겼다.

“발치, 안 보이니까 조심해.”

“괜찮아.”

그렇게 말하며 아야세 양은 인파에 휩쓸리지 않도록 나에게 몸을 기댔다.

서로의 체온이 느껴지는 거리는 오랜만이다.

고개를 들자 눈앞에 개미 한 마리 기어갈 틈도 없을 만큼 사람이 가득한 도겐자카가 솟아 있었다.

그 너머에 불빛이 반짝이는 빌딩의 무리와 배경에는 검은 하늘. 빌로드 같은 밤의 어둠이 시부야에 깊은 장막을 내리고 있었다.

분장 행렬 틈을 비집고 우리는 걸었다.

마를 만나는 시간이라는 해 질 녘을 넘어, 초저녁도 진작에 지나고, 조용히 시곗바늘은 돌아간다. 지금은 이미 밤도 늦었고, 어린아이들은 잠들 시간이다.

거리를 걸어 다니는 건, 춤추듯 통통 튀며 걷는 화장을 한 광대들, 빗자루를 한 손에 들고 웃는 마녀들, 가짜 송곳니가 돋은 흡혈귀들이다. 유행하는 음악을 읊조리면서 횡단보도를 걸어간다.

페이크 마물들의 무리.

이 중에 하나 정도 진짜가 섞여 있어도 분명 아무도 눈치 못 챈다.

신호등의 파랑과 빨강이 바뀔 때마다, 소용돌이를 일으키듯 마물들의 움직임도 바뀐다. 주문 하나로 조종할 수 있는 의지가 없는 짐승들 같았다.

누군가의 손을 벗어난 빨간 풍선이 가로등의 빛을 반사하며 높이 올라가 어둠에 빨려 들어갔다.

어디선가 울리는 클랙슨 소리. 가까이서 들리는 붕대를 감은 남녀의 웃음 소리. 거리를 지나가는 차가 LED의 빨간 테일 램프를 끌고 있었다. 편의점 문이 열릴 때마다 흘러나오는 음악은 성자의 행진이고, 귀를 스친 뒤에 훅 꺼진다.

나는 둥실둥실 구름 위를 걷고 있는 느낌이었다. 비현실적인 이 광경 속에서, 나랑 손을 잡고 있는 여자애는 놀랄 만큼의 미인이고 여동생— 의붓 여동생이다.

그리고 서로의 호의를 확인한 상대였다.

그것이 가장 현실감과 동떨어진 느낌이다.

이건 정말로 현실일까?

분명한 것은, 잡은 손을 통해 느껴지는 그녀의 체온뿐이다.

지나가는 늑대인간이 마스크 안에서 웃은 것 같았다.

어쩌면 그 녀석은, 같은 반의 누군가일지도 모른다. 나랑 아야세 양이 이렇게 손을 마주 잡고, 어깨를 붙이며 걷고 있는 것을 본 거다.

그런 가능성이 거의 없을 거라고 감각적으로는 생각하면

서도, 가능성은 사라지지 않는다고 이성이 고한다.

역에서 멀어져, 자택에 다가가면서 사람의 수는 조금씩 줄어들었다.

가로등의 수도 띄엄띄엄 간격이 벌어지게 되고, 맨션의 불빛이 보일 무렵에는 나와 아야세 양 말고는 아무도 없게 되었다.

가까운 공원을 지나서 넓은 가도를 건넜을 때, 그제야 우리는 손을 놓았다.

어느 쪽이랄 것 없이 한숨처럼 숨을 내쉬었다.

"어쩌면 말이야."

"어?"

"둘 다 분장을 했으면, 남들 눈을 신경 쓰지 않고 돌아올 수 있었을지도 몰라."

"그랬, 을지도 모르겠네."

애당초 우리 둘 다 처음부터 손을 잡고 돌아오려고 한 게 아니다. 하지만 한 번 서로의 손을 잡자, 이렇게 집 가까이까지 손을 놓을 수 없게 되어 버렸다. 서로의 온기를 바라게 된다.

분명히 걷는 사람들이 남김없이 분장한 비일상적인 날이라면, 거기에 뒤섞여서 더욱 마음 편히 손을 잡고 돌아올 수 있었을지도 모른다. 납득하면서도, 그러나, 그녀에게 분장과 화장은 다른 것이니까 그런 것을 계획했어도 분명히 창피해서 못했을 거라고도 생각했다.

"언젠가 말이야."

우리는 그런 번잡한 생각을 하지 않아도, 극히 평범한 연인 사이처럼 손을 잡고 걸을 수 있을까?

하지만 나랑 아야세 양 사이에 있는, 오빠와 여동생이라는 관계를 망가뜨리고 싶지 않은 사람들에 대해서도 생각해 버린다.

"뭔데?"

"아니…… 아무것도 아냐."

가로등 아래, 두 사람의 그림자가 아직 겹쳐 있어서 손이 이어져 있다.

이대로 계속 놀고 싶다. 어린애 같은 작은 그림자가 그렇게 호소하는 것 같았다.

올려다보는 맨션은 모두 불이 켜져 있었다. 저 불 하나하나에 가정이 있다. 갓 가족이 된 사람들도 있을 거다.

우리는 묵묵히 집으로 돌아갔다.

결국, 그뒤로 손을 내밀지는 않았다.

현관을 열고 불을 켰다.

"다녀왔습니다~."

둘이 함께 말했지만 대답이 없었다.

—어라?

아키코 씨는 출근했겠지만, 아버지는 있을 텐데.

한발 먼저 거실에 들어간 아야세 양이 「어머?」하고 말했다.

"왜 그래?"

"이거."

훌훌 손에 든 쪽지를 흔들었다.

『아키코 씨 가게에 다녀올게.』

아버지의 글자로 적힌 메모였다.

급하게 휴대전화를 꺼내 체크했다. 그제야 LINE의 알림이 와 있는 걸 깨달았다. 내용을 읽어보니, 아무래도 내일이 일요일이니까 아버지는 아키코 씨가 일하는 가게에서 저녁을 먹기로 정한 모양이다.

LINE에 좀처럼 읽음 표시가 안 생기니까, 만약을 위해 전언을 적어두고 간 거겠지.

"아버지, 아키코 씨랑 같이 돌아올 셈인가 봐."

"그런 모양이네."

아야세 양도 아키코 씨의 메시지를 보며 말했다. 둘 다 여태까지 체크를 게을리해서 모르고 있었다.

아키코 씨의 퇴근에 맞춰 귀가하게 된다면 틀림없이 심야에 돌아오겠지.

기껏 아버지가 배고플 거라고 생각해서 곧장 돌아왔는데.

이렇게 되면, 앞으로 몇 시간은 둘 다 돌아오지 않을 거야.

"뭐, 아버지도 최근에 바빠 보였으니까……."

신혼 1년차인데 일하는 시간의 차이 때문에 아키코 씨랑 엇갈리는 매일이었으니까, 단둘이 보내는 시간이 그리운 마음은 지금의 나라면 잘 알 수 있다.

다만, 그렇게 되면—.

"그럼, 돌아올 때까지 우리 둘뿐이야?"

"그렇게 되네."

"그렇구나. 그럼, 저녁은 뭘로 할까? 새아버지랑 엄마가 먹을 거라 생각해서 오늘도 전골을 하려고 했었는데……. 둘이서만 먹는다면, 더 가벼운 게 좋을지도 몰라. 먹고 싶은 거 있어?"

아야세 양의 말에 나는 생각에 잠겼다.

갑자기 먹고 싶은 걸 물어봐도 말이지.

그렇다고 여기서 「뭐든지 좋아」라고 대답하는 게 금기라는 것 정도는, 아무리 그래도 알고 있다.

"그렇네……."

으음~. 어떡한다.

"미안. 갑자기 말해도 딱 안 떠오르지."

생각에 잠긴 나를 보고, 아야세 양이 말했다. 그러니까 그건, 아야세 양 자신도 먹고 싶은 것을 금방 머리에 떠올리지 못한다는 뜻이다. 떠올랐다면 남에게 물어볼 필요 없으니까. 내가 먹고 싶다. 그러니까 만든다. 그러면 된다.

"아니아니, 만들어준다면 뭔가 생각 정도는 해내야지.

금방 떠오르지 않아서 미안하다고 사과할 건 내 쪽이야."

다만, 아무리 그래도 노타임으로 나올 만큼 언제나 식사 메뉴를 생각하지 않는 것도 사실이다.

나는 아야세 양에게 말했다.

"뭐, 기다려봐. 이럴 때는 요령이 있어."

"요령?"

"그러니까. 뭐든지 선택할 수 있는 상황에서 인간은 사실 선택하기가 어려워진다는 현상이 있거든."

방송 앱 같은 것에서도 활용하는 노하우인데, 이용자에게 서비스 선택 메뉴부터 보여주는 건 악수라고 한다. 언뜻 친절해 보이는 유저 인터페이스지만, 사실은 이용을 시작하는 시점에서 뭘 하고 싶은지 정하는 유저는 적다.

배가 고프니까 뭔가 먹고 싶다고 생각은 해도, 뭘 먹고 싶은지는 떠올리지 못했다. 그게 보통이다.

그럴 때는 어떡하면 될까?

"일단, 억지로 뭐든지 좋으니까 선택해 버리는 거야. 요리라면, 내가 먹고 싶은 게 아니라, 먹고 싶지 않은 것을 먼저 정한다."

"어. 무슨 뜻이야?"

"그게 더 정하기 편하거든. 적어도 나는 그래. 요령이라는 건 그거야. 일반적으로는 같은 것을 계속 먹으면 질리잖아. 그러니까 직전에 뭘 먹었는지 떠올려본다."

"아침은 일본식이었지. 점심은…… 편하다고 인스턴트 라멘으로 때워버렸어."

"그러니까, 그 둘은 일단 버리고. 이때 상대한테 그걸 말하는 거야. 아침이 일본식이었으니까 일본식은 사양하고 싶다. 점심은 라멘이었으니까 중화도 빼자. 그런 식으로 전하는 거야."

"그러면, 양식?"

"이것만으로도 생각하기 쉬워졌잖아?"

"분명히 그렇네."

"그리고, 실현 가능성도 중요하지. 만들고 싶어도 식재료가 없으면 의미가 없어. 배달도 생각하면 달라지지만. 이것도 마이너스부터 생각하자. 얼른 먹어야 하는 식재료 있어?"

"달걀, 일까?"

"그러면, 양식으로 달걀 요리. 오므라이스나 계란프라이나…… 어쩐지 늘 먹는 것밖에 안 떠오르지만."

"아, 그러면, 프렌치 토스트 어때?"

"그건 생각 못 했어. 응. 먹고 싶어졌다."

아야세 양이 몇 번인가 만들어줘서, 소설로나 읽었던 음식을 최근에는 가깝게 느끼고 있다.

"그거라면 간단히 만들 수 있고. 가벼운 편이니까."

"케이크 같은 거니까, 오늘처럼 축제 같은 날의 식사로도 좋겠다."

중심이 되는 메뉴가 정해지면 다음은 빠르다. 양식이니까, 된장국보다는 수프겠지. 다행히 콘 수프 가루가 아직 남아 있다. 야채도 충분히 있으니까 샐러드도 만들 수 있어.

우리는 나뉘어서 저녁 준비를 마치고, 완성된 요리를 식탁에 늘어놓았다.

30분도 안 걸려서 준비를 마치고, 우리는 단둘이 테이블에 마주 앉아서 프렌치 토스트를 먹었다. 샐러드와 콘 수프를 곁들여서.

"나, 언제나 생각하는데. 요리라는 건 만드는 시간에 비해서 먹는 시간이 순식간이지."

"그렇……지만. 하지만, 뭐든지, 그런 법 아닐까? 우리가 자연스럽게 소비하고 있는 것들 대부분, 만드는 데는 시간이 걸리지만, 맛보는 건 한순간이잖아."

분명히 그럴지도 모른다.

나는 책을 좋아해서 문고본이라면 한 권을 한두 시간 정도에 읽어 버리지만, 그것도 쓰는 건 며칠은 걸린다. 어쩌면 몇 개월일지도 모른다. 아니, 그렇게 오래는 안 걸리나?

그렇게 생각하자 뭔가를 만드는 사람에 대한 감사를 잊어선 안 된다는 기분이 든다.

"아야세 양, 언제나 맛있는 요리를 만들어주셔서 감사합니다."

고개를 숙이자, 아야세 양이 평소처럼 시선을 돌렸다.

쑥스러운 거다. 요즘은 그걸 알 수 있다.

"그렇게 말해줄 정도의 일은 안 했어. 가능한 범위에서 하는 것뿐이지."

이렇게 말하는 것은 만났을 무렵하고 변함이 없다고 생각했다.

"하지만 정말로 감사하고 있어."

"아사무라 군도 요즘엔 하잖아, 요리."

"아야세 양을 따라잡으려면 아직 한참 시간이 걸릴 것 같지만 말이야. ……응. 맛있었어, 프렌치 토스트."

"……천만에요."

점점 더 고개를 돌려버리는 아야세 양에게 나는 「커피라도 마실래?」하고 물었다.

"커피는 잠들 수가 없게 되니까……."

분명히 시험 전도 아닌데 수면 부족이 되는 건 피하고 싶다.

"아아, 그러고 보니—."

나는 일어서서, 식기 선반 위에 올려둔 상자를 집어왔다. 아버지가 회사의 동료에게 받았다는 디카페인 커피 세트다. 개별 포장이 되어 있어서, 컵 위에 올리고 물을 붓는 드립식 제품.

"이건 어때? 디카페인인데."

아야세 양이 고개를 끄덕여서, 나는 전기 주전자의 전원을 켜고, 컵을 두 개 식기 선반에서 꺼냈다.

그 동안 아야세 양은 식기를 씻고 있었다.

몇 분 지나 물이 끓고, 나는 두 사람 분량의 커피를 탔다.

향기가 김과 함께 피어오르고, 서로 마시려고 입을 댄 참에 아야세 양이 「아」하고 말했다.

“잠깐만 기다려, 아사무라 군.”

“응?”

나를 막은 아야세 양이 빈 의자에 둔 가방을 열어 뭔가 포장된 걸 꺼냈다.

“어라? 그거 가게에서—.”

포장지가 알바하는 서점 것이었다.

“맞아. 오늘만 특별히 파는 거라고 해서.”

말하면서 포장지를 벗기자, 양손 위에 올라가는 크기의 네모난 상자가 나왔다. 상자 안에는 작은 호박 형태의 용기가 들어 있었다.

“……그거, 혹시 라이트야?”

“응.”

꺼내서 테이블 위에 놓았다.

상자에 『LED 캔들 라이트』라는 문자가 커다랗게 적혀 있었다.

오렌지색의 호박 형태를 한 그릇은, 알맹이를 파낸 잭

오 랜턴 그 자체 같았다. 안에는 촛불 형태의 LED 라이트가 있었다. AA형 건전지가 부속되어 있어서, 건전지를 넣고 스위치를 누르자 흐릿한 불빛이 들어왔다.

"불 끌게."

천장등을 끄자, 호박 랜턴에서 흘러나오는 흐릿한 LED 불빛만 남았다.

테이블 위에서 흔들흔들 빛이 흔들린다.

얼굴 형태로 파낸 틈을 통해 호박 안을 들여다보자, LED 촛불에 정말로 불이 들어온 것처럼 보였다.

"옛날에는 진짜 촛대에 불을 붙여야 했는데, 지금은 불을 안 써도 불꽃의 흔들림을 만들어낼 수 있구나. 굉장한 시대야."

아야세 양이 테이블 너머에 앉으면서 말했다.

아마 이 흔들림은 LED를 불규칙하게 발광시키는 거다. 그녀의 말처럼, 진짜 불꽃의 흔들림처럼 보인다.

조명을 끈 방 안에서, 흐릿하게 빛나는 호박 랜턴을 끼고 마주 보았다.

"옛날에, 말이야—."

"응?"

"있잖아. 이거, 엄마가 사준 거랑 같은 디자인의 호박 랜턴이야. 이런 형태의 얼굴이었고, 단지, 어렸을 때는 진짜 촛불이 안에 있었어."

"같은 메이커의 시리즈일까?"

"그럴, 지도. 그래서— 핼러윈의 밤에는 바가 바쁘니까, 오늘처럼 엄마는 전혀 돌아오질 않아서, 나 혼자서 핼러윈 놀이를 했었어. 아직 초등학생이었는데 촛불에 불을 붙여 버렸어……. 그리고 엄마한테 혼났지."

위험하네. 라고 생각하면서도. 하지만, 그런 건 어쩌면 당시의 아야세 양도 알고 있지 않았을까 생각했다.

불빛은 사람의 생활을 상징한다.

그곳에 누군가 있으니까 불빛이 있다.

밤의 어둠 너머에 맨션의 창문에서 흘러나오는 빛이 보였을 때, 안도해버리는 건 언제나 경험하는 일이다.

"어째서일까? 불빛을 보고 있으면 『돌아왔다』라는 기분이 들어."

"알 것 같아."

"엄마가 일이 그러니까, 나는 집에서 얼굴 마주칠 시간이 없어서. 어린 시절부터 계속 집에 돌아와도 쓸쓸했어."

하지만, 아야세 양이 말했다.

"올해는 아사무라 군이랑 보내서 기뻐."

랜턴이 뿜어내는 빛은 희미해서, 테이블을 끼고 나랑 아야세 양의 얼굴만 보인다.

빛을 반사하여 반짝이는 그녀의 눈동자를 바라보자, 내 마음에 어떤 충동이 떠올랐다.

"있잖아."

"응?"

"그게……."

나는 살짝 그녀 쪽으로 몸을 내밀었다.

그녀도 내 쪽으로 살며시 다가왔다.

바라보는 그녀의 눈동자가 LED의 불규칙한 명멸을 반영하여 흔들리고 있었다.

무의식중에 뻗은 오른손이 그녀의 볼에 닿았다. 볼에 떨어지는 머리칼을 손가락으로 만졌다.

"머리, 조금 자랐네."

"아직 전보다는 훨씬 짧아."

"어울려."

"……고마워."

특별히 거리가 가까운 의붓남매로서, 관계를 키워가자.

그렇게 서로 맹세한 것이 불과 1개월 전이고. 하지만 지금, 나는 그 맹세를 자신의 의지로 넘으려 하고 있었다. 그 결과 모두에 나는 맞설 생각이 있는 걸까? 그렇게 자신의 마음에 물어보자니, 문득 악마의 속삭임이 귓가에 되살아났다.

『너무 영리한 자네들에게도 바보가 되는 저주를 걸어주지.』

그냥 남녀가 아니니까, 사실은 강한 각오가 없으면 넘을 수 없는 일선일지도 모른다.

그렇지만, 그녀와 더욱 행복한 시간을 보내고 싶은지 아닌지 물어보면, 그 대답은 명백했다.

닿고 싶다. 그녀도 받아들여 주면 좋겠다.

얄팍하고 제멋대로이며, 악마의 말을 빌리면 바보 같은 감정이지만.

가로등 아래, 손을 잡고 있던 작은 그림자의 두 사람. 그것은 함께 있고 싶다고 생각하는 내 감정 그 자체다.

다가가는 내 눈동자를 바라보고 있던 아야세 양의 눈에서 힘이 문득 풀렸다.

눈을 감았다.

아아, 아야세 양의 눈썹은 이렇게 길구나…….

그런 아무래도 좋은 생각을 했지만, 다음 순간에는 나도 눈을 감고 있었다.

입술에 부드러운 감촉을 느꼈다.

여동생이 아니라.

나는 아야세 사키에게 키스를 했다.

아무도 안 보는 집 안에서.

그 죄는 그저 신이 보고 있다. ……아니, 어쩌면 신마저도, 악마들의 행진에 눈길이 팔려서 눈감아줄지도 모른다고, 희미한 기대를 품어 버렸다.

누가 탓할 일 없는, 비밀스러운 한순간.

"악마의 시간이네. 분명히 핼러윈의 불빛에는 마력이 있는 거야."

맞붙은 두 입술이 떨어졌을 때, 흘러나온 숨결과 함께 아야세 양이 말했다.

## ●10월 31일 (토요일) 아야세 사키

침대에 들어가서, 이불을 머리 위까지 끌어올리고, 달아오른 볼을 눌렀다.

손가락 끝으로 살며시 입술을 매만졌다.

키스, 해, 버렸다.

알바하는 서점에서, 매장을 걷고 있다가 우연히 발견했다.

핼러윈 특설 매장에 있던, 호박 랜턴을 본뜬 플라스틱 캔들 라이트.

그것은 내가 초등학생 때 엄마가 핼러윈에 사준 촛대랑 똑같이 생겼다.

크기도, 호박의 색도, 파내서 그린 표정도.

다만 엄마가 사준 건 촛불을 세우고 불을 붙이는 타입이었지만, 그건 최신식 LED 라이트를 켜는 것이었다.

망설였지만, 결국 돌아갈 때 사고 말았다.

알바를 마치고 나랑 아사무라 군은 서점을 떠났다.

건물 밖으로 나와 놀랐다.

길은 분장하고 걷는 사람들로 대성황. 서로 닿을 정도로

길이 혼잡하고, 걷기만 해도 누군가랑 부딪혀 버린다.

실제로 부딪혀서 비틀거렸다. 아사무라 군이 지탱해주지 않았으면, 그 자리에서 넘어졌을지도 몰라.

그가 내민 손을 마주 쥐고, 우리는 손을 잡은 채 돌아가는 길을 걸었다.

그것만으로도 가슴이 두근거리고 말았다.

맨션의 불빛이 보였을 때, 안도하는 것과 동시에 손을 놓아버린 것이 쓸쓸했다.

엄마는 핼러윈 당일인 오늘도 일 때문에 출근. 게다가 사람이 많으니까 바 입장으로서는 쉴 수 없는 날이다. 그래서 돌아오는 건 분명히 한밤중이다.

그래도 토요일이니까 새아버지는 계속 집에 있을 거야.

휴일이고, 분명 우리가 집으로 돌아올 때까지 저녁은 안 먹는다. 그래서 어디 들르지 않고 돌아왔는데.

우리가 손을 잡고 혼잡한 시부야의 거리를 빠져나오는 사이에, 새아버지는 엄마를 만나러 가게에 가버렸다.

집에는 나랑 아사무라 군만 남았다.

단둘이서 요리를 만들고, 단둘이서 먹는다. 식사를 끝내고, 아사무라 군이 커피를 타주었다.

나는 서점에서 사 온 캔들 라이트를 떠올렸다.

어린 시절을 떠올리면서, 라이트를 테이블 위에 놓고 불을 켰다.

어슴푸레한 LED 라이트의 빛은 일렁거리며 살짝 반짝임을 반복해서, 마치 진짜 촛불을 켜놓은 것 같았다.

불빛을 바라보는 사이에, 나는 자신이 라이트를 산 이유를 깨달았다.

오래오래 이 나이까지, 핼러윈의 호박 촛대는 나에게 고독의 상징이었고, 외톨이이며 쓸쓸함의 증거가 되어 있었다. 나는 그 기억을 덮어쓰고 싶었던 것이다.

새롭게 생긴 가족과 보내는 첫 핼러윈의 밤.

랜턴의 불빛을 밝혀놓고 잠들면.

그날의 쓸쓸한 어린아이가 치유될 것 같았다.

호박 랜턴을 끼고 마주 앉은 아사무라 군이, 살짝 몸을 앞으로 내밀었다.

아, 하고 생각했다.

그 순간 다음에 무슨 일이 일어날지 알아 버렸다.

그가 뻗은 손이 내 볼에 닿았다. 손가락 끝이 내 머리칼을 쓰다듬었다. 볼이 열을 띠어 뜨거워지고, 손가락 끝을 통해서 이 고동의 격렬함이 그에게 전달되어 버리지 않을까 두려웠다.

마주 보는 그의 얼굴이 조금씩 크게 보이는 것은 착각이 아니다.

다가오는 그의 눈동자 속에 내 얼굴이 비치고 있었다.

놀란 것 같은 눈.

기대와 불안이 촛불의 불빛처럼 일렁일렁 흔들려서 뒤바뀐다.

하지만, 어쩐지 나는 알고 있었을 거야.

이렇게 될 예감이 있었다.

눈을 감았다.

키스한 것에 대한 기쁨, 쑥스러움, 앞으로에 대한 기대나 불안, 여러 가지 감정으로 폭발할 것 같은 자신의 마음.

우리들의 관계가 영원히 바뀌어 버렸다는 두려움…….

—그래도, 나는 스스로 눈을 감았다.

맞닿은 것은 한순간인데, 마음속에서 울고 있던 어린아이가 울음을 그치는 걸 느꼈다.

다음날에 끌어 안아준 어머니의 온기도, 이 고독을 치유해주지 못했는데.

핼러윈의 불빛에는 마력이 있다.

어쩌면 그 마법을 휘두르는 것은 악마일지도 모르지만.

오빠와 여동생으로 있을 수 있는 거리감을 유지하자고

말한 건 나 자신인데. 나는 그것을 스스로 어겨버린 것 같아서—.

하지만 아마도 그 순간, 눈을 조금이라도 돌렸다면 아사무라 군은 멈춰주었을 것이다.

나는, 그의 눈동자를 계속 바라보는 걸로 그를 받아들이고 말았다. 이제 돌이킬 수 없는 거리에서 나는 천천히 눈을 감고 기다렸다.

그렇게 상상한 그대로 그의 입술이 닿았다.

손을 잡고 있을 때보다도, 몇 배나 그에게 닿았다는 실감이 들었다.

감은 눈꺼풀 너머에 부드러운 오렌지 불빛을 느꼈다.

잭이 들고 있는 랜턴의 불빛.

여행자를 때로는 현혹하고, 때로는 이끄는 빛. 천국으로 가지도 지옥으로 가지도 못하고 길을 잃어 헤매는 영혼의 모습이라고도 한다.

오빠를 사랑해버린 의붓 여동생의 앞길을 비춰주면 좋겠는데.

문득, 학교에서 들은 자원봉사 이야기를 떠올렸다. 핼러윈 다음날의, 쓰레기 줍기 자원봉사.

제멋대로 들떠서 신이 난 인간이 더럽힌 거리를 어째서 청소해야 해? 그렇게 생각해서 무시하고 있었는데.

"일찍 일어나서, 가볼까……."

신께서 그런 것으로 용서를 해주시는지 아닌지, 잘은 모르겠지만.

지금은 어쨌든지 조금이라도 『착한 아이』가 될 수 있는 무언가를 하고 싶은 기분이었다.

아사무라 군도 불러볼까? 악마에게 넘어간 달콤한 한때는 너무나 기분 좋았지만— 악마에게 의지하지 않고 그와 멋진 시간을 쌓아갈 수 있다면, 두 사람의 관계에 조금 더 가슴을 펼 수 있을지도 모르니까.

따뜻해지기 시작한 이불 속에서 그런 것을 멍하니 생각하면서, 나는 잠의 가장자리로 미끄러져 떨어졌다.

## ■ 작가 후기

소설판 「의매생활」 제5권을 구입해 주셔서 정말 감사합니다. YouTube판의 원작 & 소설판 작가인 미카와 고스트입니다. 또래의 남녀가 일상 속에서 서로를 알아가고, 마음이 통하는 모습을 그려낸 「의매생활」 시리즈— 이번 5권을 마지막까지 읽어주신 분 중에는, 어쩌면 이렇게 생각하는 분도 계실지 모릅니다. 「5권에서 여기까지 가는 거야? 이 이상 더 할 일이 없는데, 이제 곧 완결을 해버리는 건가?」……라고.

그러나 안심하시길. 저는 「의매생활」에서 아직 더 해야 할 말이 잔뜩 남아 있다고 생각하며, 그것은 분명 독자 여러분에게도 YouTube판의 팬분들에게도, 가치가 있는 내용일 거라 확신하고 있습니다. 「의매생활」은 아사무라 군과 아야세 양, 두 사람의 인생을 체험해보는 이야기입니다. 현실의 우리가 진학, 취직, 결혼, 그런 갖가지 인생의 계단을 올라가는 것과 마찬가지로, 그들의 인생을, 그 마음의 움직임이나 맞닿음과 함께 충실하게 그려갑니다. 앞으로도 기대해 주세요.

감사 인사입니다. 일러스트의 Hiten 씨, 성우 나카시마 유키 씨, 아마사키 코헤이 씨, 스즈키 아유 씨, 하마노 다이키 씨, 스즈키 미노리 씨, 동영상판의 디렉터인 오치아이 유우스케 씨를 비롯하여 YouTube판의 스탭 여러분, 담당 편집자 O 씨, 만화가 카나데 유미카 씨, 모든 관계자 여러분, 그리고 독자 여러분. 언제나 정말 감사합니다. —이상, 미카와였습니다.

## ■ 역자 후기

불초 역자 다시 뵙게 되었습니다. 이번에는 후기에 뭘 써볼까 하다가 본문에 나왔던 뽀모도로 기법이라는 걸 한 번 알아볼까 합니다. 뽀모도로? 스파게티? 하시는 분이 있을지도 모릅니다. 역자도 그랬거든요! 이걸 만든 프란체스코 치릴로가 젊은 시절 토마토 모양 타이머를 활용했기 때문에 이런 이름이 붙었다고 합니다. 25분 집중해서 일이나 공부를 하고 5분 휴식을 반복하는 것인데, 이걸 최소한 4세트 정도 다른 짓 안 하고 하는 게 중요하다고 하더군요. 처음에는 더 짧은 시간 집중하고 점점 시간을 늘려나가는 것도 유효하다고 합니다.

그리고 인간의 집중력은 대개 길어도 40~50분 정도가 한계라고 해요. 그래서 역자도 한 40~50분 정도 집중해서 일하고 10~20분 정도 쉬는 걸 반복하고는 하고 있습니다만. 어쩐지 익숙한 시간 분배가 아닙니까? 그렇습니다. 바로 학교의 수업 시간이죠. 이 집중력 유지 시간에 대한 연구 결과에 따라 수업 시간을 정했는지, 우연히 맞아 들었는지, 아니면 경험적으로 집중력 유지 시간을 알아냈는지는 모르겠어요. 역자는 학교 수업도 꽤 과학적인 시간 분배가 되어 있다는 걸 알고 감탄했었습니다.

그러나 사람은 결국 한계가 있는 법이라, 개인차가 있게 마련입니다. 그래도 이런 시간 관리 기법을 도입해서 훈련하면 확실하게 능률을 올릴 수가 있어요. 독자 여러분들도 혹시 작업이나 공부의 효율을 올리고 싶다면 꾸준히 시도를 해보면 좋지 않을까요?

……저도 일단 노력은 하고 있어요. 그럼! 또 만나요!

# 의매생활 5

초판 1쇄 발행 2024년 1월 10일

**지은이**_ Ghost Mikawa
**일러스트**_ Hiten
**옮긴이**_ 박경용

**발행인**_ 최원영
**편집장**_ 김승신
**편집진행**_ 권세라 · 최혁수 · 김경민 · 최정민
**커버디자인**_ 양우연
**관리 · 영업**_ 김민원

**펴낸곳**_ (주)디앤씨미디어
**등록**_ 2002년 4월 25일 제20-260호
**주소**_ 서울시 구로구 디지털로 26길 111 JnK디지털타워 503호
**전화**_ 02-333-2513(대표)
**팩시밀리**_ 02-333-2514
**이메일**_ lnovellove@naver.com
**L노벨 공식 카페**_ http://cafe.naver.com/lnovel11



ISBN 979-11-278-7384-4 04830
ISBN 979-11-278-6510-8 (세트)

**값 8,500원**